Robert James Waller

Die Brücken am Fluß

Robert James Waller

Die Brücken am Fluß

Roman

Aus dem Amerikanischen
von Bernhard Schmid

Goldmann Verlag

Die amerikanische Originalausgabe
erschien unter dem Titel
»The Bridges of Madison County«
bei Warner Books, Inc., New York

Die Zitate aus »Lied des Wandernden Aengus«
von William Butler Yeats wurden dem Band:
William Butler Yeats, »Werke I.
Deutsch von Werner Vordtriede«,
Luchterhand 1970, entnommen

Umwelthinweis:
Dieses Buch und der Schutzumschlag
wurden auf chlorfrei gebleichtem Papier gedruckt.
Die Einschrumpffolie (zum Schutz vor Verschmutzung)
ist aus umweltfreundlicher und recyclingfähiger PE-Folie.

Der Goldmann Verlag
ist ein Unternehmen der Verlagsgruppe Bertelsmann

8. Auflage

Printed in Germany · Presse-Druck Augsburg
ISBN 3-442-30467-9

Den Wanderfalken

Wie alles begann

Es gibt
Lieder, die entsteigen dem Blau
der Binsenlilien und dem Staub
von Tausenden von Landstraßen.
Das hier ist eines davon.
Eines Spätsommernachmittags im August 1989
sitze ich an meinem Schreibtisch,
den blinkenden Cursor meines Computers
vor mir, als das Telefon schrillt.
Am anderen Ende der Leitung ist

ein Michael Johnson, der aus Iowa stammt und mittlerweile in Florida lebt. Ein Freund aus Iowa hat ihm eins meiner Bücher geschickt. Michael Johnson hat es gelesen; seine Schwester Carolyn hat es gelesen; und jetzt haben die beiden eine Geschichte, die mich ihrer Ansicht nach interessieren könnte. Er ist sehr vorsichtig, lehnt es ab, auch nur das mindeste über diese Geschichte zu sagen, außer daß Carolyn und er auch nach Iowa reisen würden, um sich mit mir darüber zu unterhalten. Daß die beiden bereit sind, sich eine solche Mühe zu machen, läßt mich trotz meiner Skepsis gegenüber derlei Angeboten neugierig werden. Also willige ich ein, mich die Woche darauf mit ihnen in Des Moines zu verabreden. Wir treffen uns in einem Holiday Inn in der Nähe des Flughafens, und die anfängliche Verlegenheit gibt sich, während die beiden mir gegenübersitzen und draußen bei leichtem Schneefall der Abend hereinbricht.

Sie nehmen mir ein Versprechen ab: Sollte ich die Geschichte nicht schreiben wollen, muß ich mich einverstanden erklären, absolutes Stillschweigen zu bewahren über das, was sich seinerzeit, 1965, im Madison County von Iowa und während der folgenden vierundzwanzig Jahre ereignet hat. Na schön, das ist nur recht und billig. Immerhin ist es ihre Geschichte, nicht die meine.

Also höre ich zu, aufmerksam, stelle fleißig Fragen. Und die beiden reden. Schier unaufhörlich. Carolyn weint hin und wieder ungeniert, während Michael tapfer dagegen ankämpft. Sie zeigen mir Dokumente, Ausschnitte aus Zeitschriften und die Tagebücher ihrer Mutter Francesca. Der Etagenkellner geht ein und aus. Wir bestellen Kaffee nach. Während sie erzählen, sehe ich schon die ersten Bilder. Zuerst muß man Bilder haben, die Worte kommen danach. Und schließlich höre ich auch die Worte, sehe sie auf beschriebenen Seiten vor mir. Irgendwann kurz nach Mitternacht erkläre ich mich einverstanden, die Geschichte zu schreiben – oder wenigstens, es zu versuchen.

Der Entschluß, mit ihrem Wissen an die Öffentlichkeit zu gehen, war den beiden nicht leichtgefallen. Die Umstände sind, da es dabei ja um die Mutter und, wenigstens am Rande, auch um den Vater geht, delikat. Michael wie auch Carolyn waren sich darüber im klaren, daß eine Veröffentlichung dieser Geschichte zu geschmacklosem Klatsch und einer unschönen Entwürdigung des Gedenkens an Richard und Francesca Johnson führen könnte.

In einer Welt jedoch, in der persönliche Bindungen in all ihren Spielarten in die Brüche zu gehen scheinen und Liebe nur noch eine Annehmlichkeit ist, hatten die beiden das Gefühl, daß diese bemerkenswerte Geschichte erzählt werden sollte. Ich war – damals und bin heute mehr denn je – der Ansicht, daß sie mit ihrem Urteil absolut richtig lagen.

Im Lauf meiner Recherchen und der eigentlichen Niederschrift bat ich Michael und Carolyn drei weitere Male um ein Treffen. Und jedesmal reisten sie ohne Murren nach Iowa. So sehr war ihnen daran gelegen, daß die Geschichte auch richtig erzählt würde.

Zuweilen unterhielten wir uns einfach; zuweilen fuhren wir aber auch langsam über die Straßen des Madison County, und sie zeigten mir Örtlichkeiten, die in der Geschichte eine wesentliche Rolle spielen.

Über die Hilfe von Michael und Carolyn hinaus basiert die Geschichte, so wie ich sie hier erzähle, auf Informationen aus den Tagebüchern Francesca Johnsons, auf eigenen Recherchen im Nordwesten der Vereinigten Staaten, vor allem in Seattle und Bellingham, Washington, unauffälligen Nachforschungen im Madison County, Iowa, indirekten Informationen aus Robert Kincaids fotografischen Essays, der Unterstützung diverser Zeitschriftenredakteure, detaillierten Angaben der Hersteller von Filmmaterial und Fotoausrüstungen sowie langen Diskussionen mit einer Reihe von wunderbaren alten Herrschaften im Seniorenheim von Barnesville,

Ohio, die Kincaid noch aus seinen Kindertagen kannten.

Trotz aller Mühe, die ich auf meine Recherchen verwandt habe, bleiben dennoch Lücken. Ich habe in solchen Fällen mit meiner Phantasie etwas nachgeholfen, freilich nur dann, wenn ich mir aufgrund der durch meine Nachforschungen gewonnenen intimen Vertrautheit mit Francesca Johnson und Robert Kincaid ein fundiertes Urteil erlauben konnte. Ich bin überzeugt, dem, was sich tatsächlich zugetragen hat, sehr nahe gekommen zu sein.

Eine wesentliche Lücke umfaßt die Einzelheiten einer Reise Kincaids durch den Norden der Vereinigten Staaten. Wir wissen, daß er diese Reise gemacht hat, weil in der Folge eine ganze Reihe von Fotos veröffentlicht wurden und Francesca Johnson sie kurz in ihrem Tagebuch erwähnt; außerdem hat er beim Herausgeber eines Magazins handschriftliche Notizen hinterlassen. Mit diesen Quellen als Führer habe ich seinen Weg von Bellingham ins Madison County nachgezeichnet, so wie er ihn meiner Ansicht nach im August 1965 zurückgelegt haben muß. Als ich mich gegen Ende meiner eigenen Reise dem Madison County näherte, hatte ich das Gefühl, in vieler Hinsicht selbst zu Robert Kincaid geworden zu sein.

Dennoch war mir der Versuch, das Wesen Kincaids zu begreifen, sowohl bei meinen Recherchen als auch bei der eigentlichen Niederschrift die größte Herausforderung. Er ist eine nur schwer faßbare Gestalt. Zuweilen scheint er einem recht gewöhnlich. Dann wieder erdentrückt, wenn nicht gar geisterhaft. Was seine Arbeit anbelangte, war er ein absoluter Profi. Ungeachtet dessen sah er sich als eine merkwürdige Art männliches Tier, das sich in einer zunehmend durchstrukturierten Welt langsam, aber sicher überlebte. Er sprach einmal vom »unbarmherzigen Heulen« der Zeit in seinem Kopf, und Francesca Johnson charakterisierte ihn als einen, der »in merkwürdigen, schattenhaften Gefilden tief an den Wurzeln Darwinscher Logik« zu Hause sei.

Es gibt noch zwei andere faszinierende Fragen, die bisher ohne Antwort geblieben sind. Zunächst einmal konnten wir nicht feststellen, was aus Kincaids Foto-Archiv geworden ist. Bei seiner Arbeitsweise muß er Tausende, wahrscheinlich Hunderttausende von Negativen besessen haben, die bisher nirgendwo aufgetaucht sind. Wir können nur vermuten – und es wäre durchaus im Einklang mit seinen Ansichten über sich und seinen Platz in der Welt –, daß er sie vor seinem Tod vernichtet hat.

Die zweite Frage ist die nach seinem Leben zwischen 1975 und 1982. Hierüber gibt es nur sehr wenige Informationen. Wir wissen, daß er sich in Seattle einige Jahre lang mehr schlecht als recht als Porträtfotograf durchgeschlagen und dabei nach wie vor die Gegend um den Puget Sound fotografiert hat. Das ist alles, was wir haben. Interessant ist, daß er sämtliche Briefe der Sozialkasse und des Bundesveteranenamtes handschriftlich mit dem Vermerk »Annahme verweigert« versehen und zurückgeschickt hat.

Die Arbeit an diesem Buch hat meine Weltsicht verändert, meine Art zu denken. Vor allem aber habe ich gelernt, das, was in der Arena zwischenmenschlicher Beziehungen möglich ist, mit weniger Zynismus zu betrachten.

Francesca Johnson und Robert Kincaid, wie ich sie im Lauf meiner Recherchen kennenlernen konnte, haben mir gezeigt, daß die Grenzen solcher Beziehungen um ein Beträchtliches weiter gezogen werden können und müssen, als ich das je für möglich gehalten hätte. Vielleicht werden Sie im Verlauf der Lektüre die gleiche Erfahrung machen.

Leicht wird das freilich nicht. Leben wir in dieser sich zunehmend verhärtenden Welt doch alle mit unserem ganz persönlichen Panzer verschorfter Gefühle. Wo die große Leidenschaft aufhört und der Kitsch beginnt, kann ich nicht mit Sicherheit sagen. Sicher ist jedoch, daß unsere Neigung, uns selbst schon über die Möglichkeit einer solchen großen Leidenschaft zu mokieren und echte, tiefe Gefühle als rührselig abzutun, uns den Zugang zum Reich der Zärtlichkeit erschwert, in dem allein die Geschichte von Francesca Johnson und Robert Kincaid zu verstehen ist. Ich jedenfalls mußte diese Neigung erst einmal überwinden, bevor ich mit dem Schreiben beginnen konnte.

Wenn Sie jedoch das nun folgende mit einem, wie Coleridge es formulierte, bewußten Außerkraftsetzen des Unglaubens angehen, so werden Sie sicherlich die gleiche Erfahrung machen wie ich.

Vielleicht finden Sie, wie Francesca Johnson, in den gleichgültigen Räumen Ihres Herzens wieder Platz zum Tanzen.

Sommer 1991

Robert Kincaid

Am Morgen des 8. August 1965 verschloß Robert Kincaid seine kleine Zweizimmerwohnung im zweiten Stock eines weitläufigen Mietshauses in Bellingham, Washington. Er trug einen Rucksack voller Fotoausrüstung und einen Koffer die hölzerne Stiege hinunter und durch einen Korridor nach hinten hinaus zu seinem alten

Chevrolet-Pickup, der auf einem für die Bewohner des Hauses reservierten Parkplatz stand.
In dem kleinen Laster lagen bereits ein zweiter Rucksack, eine mittelgroße Kühlbox, zwei Stative, mehrere Stangen Camels, eine Thermosflasche und eine große Tüte mit Obst. Hinten auf der Ladefläche lag ein Gitarrenkoffer. Kincaid plazierte die beiden Rucksäcke sorgfältig auf dem Sitz und Kühlbox und Stative auf dem Boden davor. Er kletterte auf die Ladefläche und verkeilte Gitarre und Koffer in einer Ecke, stützte sie mit einem flach auf dem Boden liegenden Ersatzreifen ab und zurrte die beiden Koffer dann mit einem Stück Wäscheleine an dem Reifen fest. Unter den abgefahrenen Ersatzreifen schob er eine schwarze Plane.
Er setzte sich ans Steuer, steckte sich eine Camel an und ging in Gedanken eine Checkliste durch: zweihundert Filme diverser Sorten, größtenteils wenig empfindliches Kodachromematerial; die Stative; die Kühlbox; drei Kameras mit fünf Objektiven; die Jeans; die Khakihose; Hemden; die Foto-Weste hatte er bereits an. Okay. Alles andere konnte er unterwegs kaufen, falls er etwas vergessen haben sollte. Kincaid trug verwaschene Levis, gut eingelaufene Armeestiefel, Khakihemd und orangefarbene Hosenträger. An seinem breiten Gürtel hatte er ein Futteral mit einem Schweizer Offiziersmesser.

Er warf einen Blick auf seine Armbanduhr: acht Uhr siebzehn. Der kleine Laster sprang beim zweiten Versuch an, und er manövrierte ihn rückwärts aus der Parkbucht, legte den ersten ein und fuhr dann langsam die im dunstigen Sonnenlicht liegende Gasse hinunter. Dann ging es durch die Straßen von Bellingham Richtung Süden auf die Staatsstraße 11, die ihn einige Meilen die Küste des Puget Sound entlangführte, bevor sie sich nach einem kleinen Schlenker landeinwärts mit der Bundesstraße 20 traf.

Auf dieser machte er sich, die Morgensonne direkt im Gesicht, an die lange und windungsreiche Fahrt durch die Cascades. Er mochte dieses Land und verspürte nicht die geringste Eile, legte hin und wieder sogar einen Stop ein, um sich an Stellen, die ihm interessant genug für künftige Ausflüge schienen, Notizen zu machen und »Gedächtnisstützen« zu schießen, wie er solche Fotos nannte. Ihr Zweck bestand darin, ihn an Orte zu erinnern, an die er vielleicht einmal zurückkommen wollte, um sie sich ernsthaft vorzunehmen. Am späten Nachmittag nahm er in Spokane die Bundesstraße 2 Richtung Norden, die ihn über den halben Kontinent nach Duluth in Minnesota bringen sollte.

Zum tausendstenmal im Leben wünschte er sich, einen Hund zu haben, einen Golden Retriever vielleicht, um auf Reisen wie dieser nicht allein zu sein und zu Hause etwas Gesellschaft zu haben. Aber er war so oft im Ausland, meist in Übersee, daß es dem Tier gegenüber nicht fair gewesen wäre. Trotzdem, dran denken mußte er immer wieder. In einigen Jahren schon würde er zu alt sein für den kraftraubenden Einsatz im Außendienst. »Vielleicht schaff ich mir dann einen Hund an«, sagte er zu dem nadeligen Grün, das am Fenster des Pickups vorüberwogte.

Fahrten wie diese machten ihm stets Laune auf eine Bestandsaufnahme. Der Hund gehörte dazu. Robert Kincaid war so allein, wie man es nur sein konnte – ein Einzelkind, beide Eltern tot, entfernte Verwandte, die ihn längst aus den Augen verloren hatten ebenso wie er sie, ohne einen einzigen engen Freund.

Er kannte den Namen des Mannes, dem in Bellingham der Lebensmittelmarkt an der Ecke gehörte, und den vom Besitzer der Fotohandlung, in der er seine Ausrüstung kaufte. Und dann hatte er förmliche, weil rein berufliche Beziehungen zu mehreren Redakteuren von Zeitschriften. Darüber hinaus kannte er so gut wie niemanden, jedenfalls nicht näher, und den anderen ging es genauso mit ihm.

Er dachte an Marian. Sie hatte ihn vor neun Jahren verlassen, nach fünf Jahren Ehe. Er war jetzt zweiundfünfzig, sie wäre also im Augenblick knapp unter vierzig. Marian hatte von einer Karriere als Musikerin geträumt; sie wäre gern Folksängerin geworden. Sie konnte sämtliche Songs der Weavers und sang sie, ziemlich gut sogar, in den Kaffeehäusern von Seattle. Wann immer er in dieser guten alten Zeit zu Hause gewesen war, hatte er sie zu ihren Auftritten gefahren und sich dann unters Publikum gesetzt, während sie sang.

Seine langen Abwesenheiten – zuweilen gleich zwei, drei Monate – zehrten die Ehe aus. Er wußte das. Sie war sich darüber im klaren gewesen, was er machte, als sie sich entschlossen hatten zu heiraten. Und beide hatten sie gedacht, sie würden das schon irgendwie hinkriegen. Aber sie hatten sich getäuscht. Als er einmal von einer Fotoexpedition nach Island zurückkam, war sie nicht mehr da. Sie hatte ihm einen Zettel hinterlassen: »Robert, es hat einfach nicht geklappt. Ich hab dir die Gitarre dagelassen. Melde dich mal.«

Er meldete sich nicht. Ebensowenig wie sie. Als ein Jahr später die Scheidungspapiere kamen, unterschrieb er sie und stieg tags darauf in eine Maschine nach Australien. Sie hatte nichts verlangt außer ihrer Freiheit.

In Kalispell, Montana, machte er halt für die Nacht. Es war schon spät. Das Cozy Inn machte ihm einen erschwinglichen Eindruck, und das war es denn auch. Er trug seine Ausrüstung in ein Zimmer mit zwei Tischlampen, eine davon mit einer durchgebrannten Birne. Im Bett las er bei einer Flasche Bier *Die Grünen Hügel Afrikas* und konnte dabei die Papiermühlen von Kalispell riechen. Am Morgen joggte er vierzig Minuten, machte fünfzig Liegestütze und erledigte, mit seinen Kameras als leichten Handgewichten, den Rest seines Pensums.

Er fuhr, immer parallel zur oberen Grenze von Montana, nach North Dakota hinein, und das karge, flache Land, das er hier fand, faszinierte ihn nicht weniger als die Berge oder das Meer. Das Land war von einer herben Schönheit, und er hielt mehrere Male an, baute ein Stativ auf und schoß Schwarzweißaufnahmen von alten Farmgebäuden. Diese Landschaft entsprach seinen minimalistischen Neigungen. Die Indianerreservate waren deprimierend, aus all den Gründen, die jeder kennt und ignoriert. Freilich waren diese Siedlungen auch im Nordwesten Washingtons nicht besser, dort nicht und wo immer sonst er ihnen begegnet war.

Am Morgen des 14. August, zwei Autostunden vor Duluth, bog er in nordöstlicher Richtung ab und nahm eine Landstraße hinauf nach Hibbings, zu den Eisenminen. Roter Staub lag hier in der Luft; überall standen riesige Maschinen und Züge mit Spezialwaggons, die das Erz zu den Frachtern in Two Harbors am Lake Superior transportierten. Er verbrachte den Nachmittag damit, sich in Hibbings umzusehen, fand es aber nicht nach seinem Geschmack; auch daß Bob Zimmermann-Dylan von hier stammte, änderte nichts daran. Der einzige Dylan-Song, für den er je wirklich etwas übrig gehabt hatte, war »Girl from the North Country« gewesen. Den konnte er spielen und singen. Er summte die Worte vor sich hin, als er dieses Land mit den gigantischen roten Löchern in der Erde wieder verließ. Marian hatte ihm ein paar Griffe und einige simple Arpeggiotechniken beigebracht, so daß er sich begleiten konnte. »Sie hat mir mehr hinterlassen als ich ihr«, hatte er einmal zu einem versoffenen Flußschiffer gesagt in einer Pinte namens McElroy's Bar irgendwo im Amazonasbecken. Und so war es auch.

Der Superior-Nationalpark war ein herrliches Waldgebiet; hier gefiel es ihm. Ein Land wie zu Zeiten der Trapper, die dieses Gebiet erforscht hatten. Als er noch jung war, hatte er sich immer gewünscht, in jenen Tagen zu leben, um selbst Forschungsreisender werden zu können. Er fuhr an Wiesen vorbei, sah drei Elche, einen Rotfuchs und jede Menge Damwild. An einem kleinen See machte er halt und fotografierte die Spiegelungen eines merkwürdig gewachsenen Astes auf dem Wasser. Als er fertig war, setzte er sich auf das Trittbrett seines Lasters, trank Kaffee, rauchte eine Zigarette und lauschte auf den Wind in den Birken.

»Es wäre schon gut, jemanden zu haben, eine Frau«, dachte er und sah dem Rauch seiner Zigarette nach. »Wenn man älter wird, kommt man nun mal auf solche Gedanken.« Aber so oft, wie er weg war, wäre das nicht gerade leicht für den, der zu Hause blieb. Das hatte er ja bereits erfahren müssen.

Wenn er zu Hause in Bellingham war, dann traf er sich gelegentlich mit der künstlerischen Leiterin einer in Seattle ansässigen Werbeagentur. Er hatte sie während eines Auftrags für die Industrie kennengelernt. Sie war zweiundvierzig, intelligent und ein netter Typ, aber er liebte sie eben nicht und würde sie auch niemals lieben.

Manchmal jedoch wurde ihnen beiden etwas einsam ums Herz, und dann verbrachten sie einen Abend zusammen, gingen ins Kino, genehmigten sich ein paar Biere und beendeten den Abend mit einem recht ordentlichen Schäferstündchen. Sie war eine Frau mit Erfahrung – zwei Ehen und Jobs in diversen Bars, mit denen sie ihr Studium finanzierte. Jedesmal wenn sie einander geliebt hatten und noch beieinander lagen, sagte sie ihm unweigerlich: »Du bist der Größte, Robert, mit Abstand, an dich kommt keiner ran.«

Er nahm an, daß es in Ordnung war, das als Mann gesagt zu bekommen, verfügte aber über soviel Erfahrung auch wieder nicht und hätte ohnehin nicht sagen können, ob sie es nun ehrlich meinte oder nicht. Aber einmal hatte sie etwas gesagt, was ihm nicht mehr aus dem Kopf gehen wollte: »Robert, in dir steckt ein Wesen, das herauszubringen ich nicht gut genug und das zu erreichen ich nicht stark genug bin. Ich habe manchmal das Gefühl, du bist schon sehr lange hier, mehr als nur ein Leben, und daß du an Orten gelebt hast, von denen wir anderen noch nicht mal träumen. Du jagst mir Angst ein, auch wenn du zärtlich zu mir bist. Würde ich mich bei dir nicht mit aller Kraft unter Kontrolle halten, ich habe das Gefühl, ich würde mich völlig verlieren und nie wieder zurückbekommen.«

Er ahnte dunkel, was sie meinte. Aber auch er selbst konnte es nicht greifen. Seine Gedanken hatten die Eigenart, ihm hin und wieder zu entgleiten, und er verfügte über ein wehmütiges Gespür für das Tragische kombiniert mit großer körperlicher und intellektueller Kraft, schon damals während seiner Kindheit in einer Kleinstadt in Ohio. Während andere Kinder »Row, Row, Row Your Boat« sangen, lernte er die englische Version eines französischen Varieté-Chansons.

Er mochte Wörter und Bilder. Eines seiner Lieblingswörter war »blau«. Er mochte das Gefühl auf Lippen und Zunge, wenn er es sagte. Wörter, so erinnerte er sich an seine Gedanken von damals, haben nicht nur eine Bedeutung, man kann sie auch spüren. Er mochte noch andere Wörter, »Ferne« zum Beispiel, »Waldkauz«, »Highway«, »uralt«, »Passage«, »Reisende« und »Indien«, allesamt wegen ihres Klangs wie auch wegen ihres Geschmacks und der Bilder wegen, die sie in ihm entstehen ließen. Er machte Listen der Wörter, die er besonders gern hatte, und pinnte sie an die Wände seines Zimmers.
Dann fügte er die Wörter zu Sätzen und pinnte auch sie an die Wände.

Zu nah am Feuer.

Ich kam aus dem Osten mit einer kleinen Gruppe Reisender.

Das beständige Gezirpe derer, die mich retten wollen, und derer, die mich verkaufen würden.

Talisman, Talisman, deine Geheimnisse, ich möchte sie sehen.
Steuermann, Steuermann, kehr um und bring mich nach Haus.

Nackt zu liegen, wo Blauwale schwimmen.

Ich wünschte ihm Züge, die aus verschneiten Bahnhöfen dampfen.

Bevor ich zum Manne wurde, war ich ein Pfeil – vor langer Zeit.

Dann gab es da noch die Orte, deren Namen er mochte: Somalibecken, Big Hatchet Mountain, Straße von Malakka und eine ganze lange Liste mehr. Die Zettel voller Wörter, Sätze und Orte bedeckten schließlich sämtliche Wände seines Zimmers.

Selbst seiner Mutter fiel auf, daß er anders war. Er sprach nicht ein Wort, bevor er drei war, und redete dann sofort in vollständigen Sätzen, und schon mit fünf las er ganz außergewöhnlich gut. An der Schule war er nicht interessiert, ein frustrierender Schüler für seine Lehrer.

Sie sahen sich die Ergebnisse seiner Intelligenztests an und sprachen mit ihm über Leistung, darüber, wozu er fähig wäre und daß er werden könne, was er nur wolle. Einer seiner High-School-Lehrer schrieb in einem Zeugnis folgendes über ihn: »Er ist der Ansicht, ›mit Intelligenztests lassen sich kaum Aussagen über die Fähigkeiten eines Menschen machen, weil sie seinen Zauber außer acht lassen, der seine eigene Bedeutung hat, sowohl für sich genommen als auch als Ergänzung zur Logik‹. Ich schlage eine Rücksprache mit den Eltern vor.«

Seine Mutter traf sich mit mehreren seiner Lehrer. Als die sich über Roberts stillschweigende Widerspenstigkeit im Lichte seiner Fähigkeiten beklagten, sagte sie: »Robert lebt in seiner eigenen Welt. Ich weiß, daß er mein Sohn ist, aber manchmal habe ich das Gefühl, er stammt nicht von meinem Mann und mir, sondern von ganz woanders her, wohin er jetzt zurückzukehren versucht. Ich weiß Ihr Interesse an ihm zu schätzen, und ich werde noch mal versuchen, ihn dazu zu bekommen, sich in der Schule mehr Mühe zu geben.«

Er jedoch hatte sich damit begnügt, sämtliche Abenteuerbücher und Reisebeschreibungen in der Stadtbibliothek zu verschlingen, und sich ansonsten abgesondert. Er verbrachte seine Tage lieber am Fluß, der den Stadtrand streifte, ignorierte Schulbälle und Footballspiele und alles, was ihn sonst noch langweilte. Er angelte, schwamm, ging spazieren, lag im hohen Gras und lauschte fernen Stimmen, die seiner Vorstellung nach nur er hören konnte. »Es gibt Zauberer da draußen«, pflegte er sich zu sagen. »Wenn du nur still und offen genug bist, sie zu hören, sie sind da draußen.« Und er wünschte, er hätte einen Hund, um diese Augenblicke zu teilen.

Fürs College fehlte das Geld. Aber er hatte ohnehin kein Verlangen danach. Sein Vater war ein tüchtiger Arbeiter und gut zu seiner Mutter und ihm, aber seine Stellung in einer Ventilfabrik erlaubte keine großen Sprünge, auch an einen Hund war gar nicht zu denken.

Robert war achtzehn Jahre alt, als sein Vater starb, und da die Weltwirtschaftskrise schwer auf dem Land lastete, ging er zum Militär, um seine Mutter und sich durchzubringen. Er blieb vier Jahre dabei, aber diese vier Jahre veränderten sein Leben.

Aus Gründen, die wohl nur von einem Kommißgehirn nachzuvollziehen sind, machte man ihn, der noch nicht einmal einen Film hätte einlegen können, zum Fotoassistenten. Aber in ebendieser Arbeit entdeckte er seinen Beruf. Die technische Seite bereitete ihm keinerlei Probleme. Es dauerte nur einen Monat, und er erledigte nicht nur die Dunkelkammerarbeit für zwei der Stabsfotografen, sondern durfte überdies auch schon einfache Projekte selbst übernehmen. Einer der Fotografen, ein gewisser Jim Peterson, konnte ihn gut leiden und verbrachte einen Teil seiner Freizeit damit, ihm die Feinheiten der Fotografie beizubringen. Robert Kincaid besorgte sich Foto- und Kunstbände aus der Stadtbibliothek von Fort Monmouth und studierte sie. Schon früh hatten es ihm besonders die französischen

Impressionisten und Rembrandts Umgang mit Licht angetan.
Schließlich begann er dann zu verstehen, daß er überhaupt nur Licht fotografierte, nicht etwa Gegenstände. Die Gegenstände waren nichts weiter als Vehikel für das Licht. Solange nur das Licht gut war, fand man immer etwas zu fotografieren. Damals begann sich die 35-mm-Kamera durchzusetzen, und er kaufte sich in einem Fotogeschäft am Ort eine gebrauchte Leica. Die nahm er mit hinunter nach Cape May in New Jersey und verbrachte eine Woche seines Urlaubs damit, das Leben entlang der Küste zu fotografieren.
Ein andermal nahm er den Bus nach Maine und fuhr dann per Anhalter die Küste hinauf, erwischte in Stonington das morgendliche Postschiff hinaus zur Isle Au Haut, wo er sein Zelt aufschlug. Schließlich nahm er eine Fähre über die Bucht von Fundy nach Nova Scotia. Er fing damals auch damit an, sich Notizen zu Blendeneinstellungen und Verschlußzeiten zu machen und sich Orte zu notieren, an die er noch einmal zurückkehren wollte. Als er die Armee mit zweiundzwanzig verließ, war er ein ganz ordentlicher Fotograf geworden und fand in New York Arbeit als Assistent eines bekannten Modefotografen.
Die weiblichen Models waren hübsch, er traf sich mit einigen und verliebte sich sogar ein biß-

chen in eine von ihnen, bevor sie nach Paris zog und sie einander aus den Augen verloren. »Robert«, hatte sie zu ihm gesagt, »ich weiß nicht so recht, wer oder was du bist, aber bitte komm mich in Paris besuchen.« Er sagte, das würde er tun, und meinte es durchaus ernst, aber er kam einfach nie dazu. Jahre später, bei einem Job an der normannischen Küste, fand er ihren Namen im Pariser Telefonbuch, rief sie an und traf sich mit ihr in einem Straßencafé. Sie war mit einem Filmregisseur verheiratet und hatte inzwischen drei Kinder.

Für die Mode selbst vermochte er sich nie so recht zu begeistern. Daß Leute absolut einwandfreie Kleidungsstücke auf den Müll warfen oder sie auf den Wink eines europäischen Modediktators hin in aller Eile abändern ließen, schien ihm die reine Dummheit, und er fand es unter seiner Würde, dafür zu fotografieren. »Man ist, was man produziert«, sagte er, als er seine Stellung aufgab.

Seine Mutter starb während seines zweiten Jahres in New York. Er ging zurück nach Ohio, sorgte für ihre Beerdigung und saß dann vor einem Anwalt, der ihm das Testament vorlas. Viel war nicht da. Nicht daß er etwas erwartet hätte. Immerhin stellte er zu seiner Überraschung fest, daß sich seine Eltern mit dem winzigen Häuschen in der Franklin Street, in dem sie ihre gesamte Ehe hindurch wohnten, durchaus ein kleines Kapital geschaffen hatten. Er verkaufte das Haus und erstand mit dem Erlös eine erstklassige Kameraausrüstung. Als er den Fotohändler bezahlte, mußte er an all die Jahre denken, die sein Vater für diese Dollars geschuftet hatte, und an das einfache Leben, das seine Eltern geführt hatten.

In kleinen Magazinen begannen einige seiner Arbeiten zu erscheinen. Dann rief *National Geographic* bei ihm an. Man hatte ein Kalenderfoto gesehen, das er draußen auf Cape May geschossen hatte. Er unterhielt sich mit den Leuten und bekam einen kleinen Auftrag, führte diesen professionell aus und war damit auf dem Weg nach oben.

1943 holte ihn das Militär zurück. Er ging zur Marine, schleppte sich im Südpazifik mit baumelnden Kameras ungezählte Strände hinauf, legte sich auf den Rücken und fotografierte die Männer, wenn sie von den Landungsbooten sprangen. Er sah den Schrecken auf ihren Gesichtern und verspürte ihn selbst. Er sah, wie Maschinengewehrgarben sie in Stücke rissen, sah sie Gott und ihre Mütter um Hilfe anflehen. Er bannte all das auf Zelluloid und überlebte es, ohne süchtig zu werden nach der vermeintlich romantischen Glorie der Kriegsfotografie.

Als er 1945 aus dem Militärdienst ausschied, rief

er bei *National Geographic* an. Dort hatte man Arbeit für ihn, jederzeit. Er kaufte sich in San Francisco ein Motorrad, fuhr damit an den Big Sur im Süden, liebte am Strand eine Cellistin aus Carmel und wandte sich dann nach Norden, um Washington zu erkunden. Es gefiel ihm, und er entschloß sich, dort seine Zelte aufzuschlagen.

Jetzt, mit zweiundfünfzig, beobachtete er noch immer das Licht. Er hatte die meisten Orte gesehen, deren Namen er als Junge an die Wände gepinnt hatte, und jedesmal konnte er es kaum begreifen, tatsächlich dort zu sein. In der Raffles Bar zu sitzen, in einem schnaufenden Flußboot den Amazonas hinaufzutuckern, auf einem Kamel durch die Wüste von Radschasthan zu schaukeln.

Die Küste des Lake Superior war wirklich so schön, wie er gehört hatte. Er notierte sich einige Stellen, schoß ein paar Fotos, um später seinem Gedächtnis auf die Sprünge zu helfen, und fuhr dann den Mississippi entlang Richtung Iowa. Er war noch nie in Iowa gewesen, aber die Hügel im Nordosten des Staates, am Fluß entlang, begeisterten ihn sofort. Bei einem Halt in der kleinen Stadt Clayton stieg er in einem Anglermotel ab und fotografierte zwei Vormittage lang die Schleppdampfer und verbrachte auf Einladung eines Lotsen, den er in einer Bar am Ort kennengelernt hatte, auch einen Nachmittag auf einem dieser Schiffe.

Nach einem großen Schlenker hinüber auf die Bundesstraße 65 durchquerte er am Montag, dem 16. August 1965, frühmorgens Des Moines, wandte sich dahinter auf der Staatsstraße 92 nach Westen und fuhr schnurstracks in Richtung Madison County mit seinen überdachten Brücken, die es laut *National Geographic* dort geben sollte. Oh, die gebe es tatsächlich, jedenfalls sagte das der Mann an der Texaco-Tankstelle und beschrieb ihm, so ungefähr, zu allen sieben von ihnen den Weg.

Die ersten sechs waren leicht zu finden, während er sich seine Strategie für die Ablichtung der Brücken zurechtlegte. Die siebte, genannt Roseman Bridge, konnte er allerdings nicht entdekken. Es war heiß, sehr heiß, und auch Harry – seinem Laster – war es zu heiß, wie er so über geschotterte Straßen karjuckelte, die nirgendwo anders hinzuführen schienen als auf die nächste geschotterte Straße.

Im Ausland verfuhr er in solchen Fällen nach der Faustregel »Immer dreimal fragen«. Er hatte die Erfahrung gemacht, daß drei Antworten, und mochten sie auch alle drei falsch sein, einen dem Ziel doch nach und nach näher brachten. Vielleicht würden hier sogar zwei genügen.

Ein Briefkasten tauchte auf. Er stand am Ende

eines Sträßchens von vielleicht hundert Metern Länge. Der Name auf dem roten Kasten lautete »Richard Johnson, RR 2«. Er verlangsamte seine Fahrt und bog, auf der Suche nach einem Hinweis, in das Sträßchen ein.

Als er in den Hof fuhr, saß eine Frau auf der Veranda vor dem Haus. Es sah kühl aus da oben, und sie trank etwas, was noch viel kühler aussah. Sie stieg von der Veranda und kam zu ihm herüber. Er kletterte aus dem kleinen Laster und sah sie an, sah dann etwas genauer hin und schließlich ganz genau. Sie war wunderschön, war es wenigstens einmal gewesen oder könnte es auch wieder sein. Und auf der Stelle verspürte er wieder seine alte Unbeholfenheit, die ihn immer dann befiel, wenn er sich auch nur im geringsten von einer Frau angezogen fühlte.

Francesca

Spätherbst
war für Francesca Geburtstagszeit.
Kalte Regenschauer klatschten
gegen ihr ganz aus Holz gebautes Haus
im ländlichen Süden von Iowa.
Sie schaute dem Regen zu und dachte dabei
an Richard.
An einem Tag wie diesem war er gestorben,
acht Jahre war das nun her,
an etwas mit einem Namen, den sie

am liebsten vergessen würde. Jetzt mußte Francesca an ihn denken, an seine unerschütterliche Herzensgüte, seine solide Lebensweise und das ausgeglichene, ruhige Leben, das er ihr ermöglicht hatte.

Die Kinder hatten angerufen. Auch dieses Jahr hatten sie es nicht einrichten können, zu ihrem Geburtstag vorbeizuschauen, obwohl es ihr siebenundsechzigster war. Sie verstand sie, wie sie immer alles verstand. Immer alles verstanden hatte. Immer alles verstehen würde. Beide standen sie mitten im Berufsleben, strampelten sich ab, der eine als Leiter eines Krankenhauses, die andere als Lehrerin, Michael kurz vor einer zweiten Ehe, Carolyn vollauf beschäftigt mit ihrer ersten. Insgeheim war sie froh, daß die beiden es offenbar nie einrichten konnten, sie an ihrem Geburtstag zu besuchen; sie hatte ihre eigenen Zeremonien für diesen speziellen Tag.

Am Vormittag waren ihre Freunde aus Winterset mit einem Geburtstagskuchen vorbeigekommen. Während Francesca Kaffee machte, hatten sie sich unterhalten: über Enkelkinder, das Stadtgeschehen, Erntedank und darüber, was man wohl wem zu Weihnachten schenken sollte. Das leise Lachen und das Auf und Ab der Unterhaltung aus dem Wohnzimmer hatten in ihrer Vertrautheit etwas Tröstliches und erinnerten Francesca an einen der Gründe, einen ganz kleinen, warum sie nach Richards Tod hier wohnen geblieben war.

Michael hatte ihr Florida einreden wollen, Carolyn Neuengland. Aber sie war hier in den Hügeln des südlichen Iowa geblieben, auf dem Land, hatte die alte Adresse aus einem ganz speziellen Grund beibehalten und war froh, es so und nicht anders gemacht zu haben.

Francesca hatte ihnen hinterhergesehen, als sie zur Mittagszeit wieder gefahren waren. In ihren Buicks und Fords rollten sie das Sträßchen hinunter, bogen auf die asphaltierte Kreisstraße ein und verschwanden mit gegen den Regen ankämpfenden Scheibenwischern in Richtung Winterset. Es waren gute Freunde, auch wenn sie niemals verstehen würden, was in ihr ruhte; selbst wenn sie es ihnen gesagt hätte, sie würden es nicht verstehen. Ihr Mann hatte gesagt, sie würde hier gute Freunde finden, als er sie nach dem Krieg hergebracht hatte, aus Neapel. »Die Leute in Iowa«, sagte er ihr, »mögen ihre Fehler haben, aber einen Mangel an Anteilnahme kann man ihnen nun wirklich nicht nachsagen.« Und damit hatte er damals ebenso wie heute recht.

Sie war fünfundzwanzig gewesen, als sie einander kennenlernten – drei Jahre nach ihrem Studium, sie unterrichtete damals an einer Privatschule für Mädchen und machte sich Gedanken über ihr Leben. Die meisten jungen Italiener waren gefallen, verwundet, in Gefangenschaft oder vom Krieg gebrochen. Ihre Affäre mit Niccolo, einem Professor für bildende Künste, der den ganzen Tag über malte und sie abends auf wilde, verwegene Ausflüge auf die Nachtseite Neapels mitnahm, war schon seit einem Jahr vorbei; die unnachgiebige Mißbilligung seitens ihrer traditionsgebundenen Eltern hatte ihr schließlich den Rest gegeben.

Sie trug Schleifen im schwarzen Haar und hielt an ihren Träumen fest. Aber nicht ein schöner Matrose ging von Bord auf der Suche nach ihr, keine Stimmen drangen von der Straße herauf an ihr Fenster. Unter dem harten Druck der Realität kam sie zu der Erkenntnis, daß ihre Möglichkeiten beschränkt waren. Richard bot ihr eine vernünftige Alternative: Herzensgüte und das süße Versprechen Amerikas.

Sie hatte ihn sich genau angesehen in seiner Uniform, als sie zusammen in einem Café unter der mediterranen Sonne saßen, sah seinen ernsten Blick auf ihr ruhen, den Blick eines Menschen aus dem amerikanischen Mittelwesten, und ging mit ihm nach Iowa. Ging mit ihm, um mit ihm Kinder zu haben, Michael an kalten Oktoberabenden beim Footballspielen zuzusehen und Carolyn nach Des Moines zu fahren, wenn sie ein Kleid für den großen jährlichen Schulball brauchte. Sie schrieb sich mit ihrer

Schwester in Neapel mehrmals im Jahr Briefe und war zweimal dorthin zurückgekehrt, jeweils beim Tod eines Elternteils. Aber ihr Zuhause war jetzt das Madison County, und sie verspürte keinerlei Sehnsucht nach ihrer Heimat.

Am Nachmittag hörte der Regen auf, setzte aber noch kurz vor Abend wieder ein. Im Zwielicht schenkte Francesca sich ein Gläschen Brandy ein und öffnete die unterste Lade von Richards Schreibtisch, ein gutes Walnußmöbel mit einer Rolljalousie, das man in seiner Familie drei Generationen lang weitergegeben hatte. Sie holte ein großes braunes Kuvert heraus und fuhr langsam mit der Hand darüber, so wie sie es Jahr für Jahr an diesem Tag tat.

Auf dem Poststempel stand »Seattle, WA, 12. September 1965«. Jedesmal sah sie sich zuerst den Poststempel an. Das gehörte zum Ritual. Dann die Anschrift, die von Hand geschrieben war: »Francesca Johnson, RR 2, Winterset, Iowa«. Als nächstes den Absender, sorglos in die linke obere Ecke gekritzelt: »Pf. 642, Bellingham, Washington«. Sie setzte sich in einen Stuhl am Fenster, besah sich die beiden Adressen, konzentriert, weil sie die Bewegung seiner Hände enthielten und sie das Gefühl dieser Hände auf ihr zurückbringen wollte, die sie vor zweiundzwanzig Jahren berührt hatten.

Sobald sie die Berührung seiner Hände spürte,

öffnete sie den Umschlag, entnahm ihm behutsam drei Briefe, ein kurzes Manuskript, zwei Fotografien und eine komplette Nummer des *National Geographic* nebst Ausschnitten aus anderen Ausgaben dieses Magazins. Dann saß sie im schwindenden grauen Licht, nippte an ihrem Brandy und schaute über den Rand des Glases auf die handgeschriebene, mit einer Büroklammer an das getippte Manuskript geheftete Notiz. Der Brief war auf seinem Briefpapier geschrieben, schmuckloses Briefpapier, dessen Kopf in unauffälligen Buchstaben nichts weiter als »Robert Kincaid, Photograph & Autor« besagte.

10. September 1965

Liebe Francesca,
Beiliegend zwei Photos. Eines davon ist der Schnappschuß, den ich von Dir bei Sonnenaufgang auf der Weide gemacht habe. Ich hoffe, es gefällt Dir so gut wie mir. Das andere ist von der Roseman Bridge, bevor ich die Nachricht weggenommen habe, die Du drangespießt hattest.
Ich sitze hier und fische in den grauen Gewässern meiner Erinnerung nach jeder Einzelheit, jedem Augenblick unserer Zeit zusammen. Immer und immer wieder frage ich mich das eine: »Was ist mir nur im Madison County in Iowa passiert?« Und dann mühe ich mich ab, alles zusammenzukriegen. Deshalb habe ich das kleine Stück geschrie-

ben, »Sturz aus der Dimension Z«, das ich Dir beigelegt habe, als Versuch, Klarheit in meine Verwirrung zu bringen.
Ich schaue ein Objektiv entlang und sehe Dich am anderen Ende. Ich beginne mit der Arbeit an einem Artikel, und ich schreibe über Dich. Ich weiß noch nicht mal so recht, wie ich von Iowa wieder nach Hause gekommen bin. Irgendwie hat mein alter Laster mich wohl heimgebracht, aber ich erinnere mich kaum noch daran, wie ich all die Meilen hinter mich gebracht habe.
Vor einigen Wochen noch war ich ausgeglichen und durchaus zufrieden. Vielleicht nicht der glücklichste Mensch der Welt, vielleicht ein bißchen einsam, aber immerhin zufrieden. Das hat sich gründlich geändert.
Mir ist jetzt klar, daß ich mich schon seit langem auf Dich zubewegt habe und Du Dich auf mich. Obwohl keiner sich des anderen bewußt gewesen ist, bevor wir einander kennengelernt haben, so summte doch unter unserer Unwissenheit fröhlich und munter eine Art blinde Gewißheit, die sicherstellte, daß wir zueinanderfanden. Wie zwei einsame Vögel über den großen Prärien ihren Weg mit Hilfe der Gestirne bestimmen, haben wir uns all die Jahre, ja unser ganzes Leben lang, aufeinander zubewegt.
Die Straße ist eine merkwürdige Sache. Ich schlurfe so vor mich hin, hebe den Kopf, und da

kommst eines Augusttages Du übers Gras herüber auf meinen Laster zu. Im nachhinein betrachtet scheint es unausweichlich – es hätte gar nicht anders passieren können –, typischer Fall von hoher Wahrscheinlichkeit des Unwahrscheinlichen, würde ich sagen.

So laufe ich also jetzt mit einem anderen Menschen in mir herum. Obwohl ich glaube, ich habe mich besser ausgedrückt an dem Tag, an dem wir auseinandergegangen sind, als ich sagte, wir hätten aus uns beiden eine dritte Person geschaffen. Jetzt werde ich von diesem anderen Wesen verfolgt.

Irgendwie müssen wir einander wiedersehen. Egal wo, egal wann.

Ruf mich an, wenn Du irgend etwas brauchen solltest oder mich ganz einfach nur wiedersehen willst. Ich werde da sein, und zwar sofort. Laß es mich wissen, wenn Du irgendwann einmal hier rüberkommen kannst – egal wann. Ich kann das mit dem Flug erledigen, falls das ein Problem sein sollte. Ich fliege nächste Woche nach Südostindien, bin aber Ende Oktober wieder zurück.

Ich liebe Dich,
Robert

P. S. Aus dem Photoprojekt im Madison County ist richtig was geworden. Kannst es nächstes Jahr im NG nachblättern. Oder sag mir einfach, ob ich Dir die entsprechende Nummer schicken soll, wenn sie herauskommt.

Francesca Johnson stellte ihr Glas Brandy auf das breite eichene Fensterbrett und starrte auf das acht mal zehn Zoll große Schwarzweißfoto von ihr selbst. Zuweilen fiel es ihr schwer, sich daran zu erinnern, wie sie damals, vor zweiundzwanzig Jahren, ausgesehen hatte. In engen, verwaschenen Jeans, Sandalen und einem weißen T-Shirt, das Haar im Morgenwind, gegen einen Zaunpfosten gelehnt.

Von ihrem Platz am Fenster aus sah sie durch den Regen noch immer diesen Pfosten, dort, wo der alte Zaun die Weide umschloß. Nach Richards Tod hatte sie das Land nur unter der Bedingung verpachtet, daß die Weide intakt blieb, niemand dürfte sie anrühren; auch wenn sie jetzt leer und mit ganz gewöhnlichem Unkraut überwuchert war.

Auf dem Foto zeigten sich eben die ersten ernst zu nehmenden Falten in ihrem Gesicht. Seine Kamera hatte sie gefunden. Trotzdem, sie war sehr zufrieden mit dem, was sie sah. Ihr Haar war schwarz, ihr Körper voll und warm; er füllte die Jeans gerade richtig. Und dennoch war es ihr Gesicht, das sie da anstarrte. Es war das Gesicht einer Frau, die hoffnungslos verliebt war in den Mann, der das Foto schoß.

Sie sah jetzt auch ihn wieder deutlich vor sich, weit hinten auf dem Fluß ihrer Erinnerung. Jahr für Jahr ließ sie sämtliche Bilder an sich vorüberziehen, mit peinlicher Genauigkeit, erinnerte sich an jede Einzelheit, vergaß auch nicht das Geringste, prägte sich alles ein, für immer und ewig, so wie manche Stämme ihre Geschichten von Generation zu Generation weitergeben. Er war hochgewachsen, schlank und hart und bewegte sich wie das Gras, mühelos und anmutig. Sein silbergraues Haar reichte ihm ein gutes Stück über die Ohren und war fast immer völlig zerzaust, so als komme er eben von einer langen Seereise durch einen steifen Wind und hätte es gerade mal mit den Händen zurechtzukämmen versucht. Sein schmales Gesicht, die hohen Wangenknochen, das Haar in der Stirn betonten seine hellblauen Augen, die unablässig nach dem nächsten Foto zu suchen schienen. Er hatte sie angelächelt, ihr gesagt, wie schön und warm sie im Morgenlicht aussehe, sie gebeten, sich gegen den Pfosten zu lehnen, und sie dann in einem weiten Bogen umkreist, sie aus Kniehöhe fotografiert, dann stehend, dann auf dem Rükken liegend, die Kamera im schrägen Winkel nach oben gerichtet.
Es war ihr etwas peinlich gewesen, daß er ihretwegen so viele Filme verschoß, aber es hatte sie auch gefreut, da er ihr so viel Aufmerksamkeit

schenkte. Sie hoffte nur, daß keiner der Nachbarn so früh schon mit dem Traktor unterwegs wäre. Obwohl sie sich an diesem besonderen Morgen keine allzu großen Gedanken gemacht hatte um die Nachbarn und das, was sie denken mochten.

Er knipste, legte Filme ein, wechselte Objektive, wechselte Kameras, knipste wieder und redete, während er so vor sich hin arbeitete, leise auf sie ein, sagte ihr, wie gut sie ihm gefalle und wie sehr er sie liebe. »Du bist unglaublich schön, Francesca.« Mitunter hielt er einfach inne und starrte sie nur an, durch sie hindurch, um sie herum, in sie hinein. Deutlich waren ihre Brustwarzen zu sehen, wo sie gegen das baumwollene T-Shirt drückten. Es hatte ihr merkwürdigerweise überhaupt nichts ausgemacht, auch nicht, daß sie nackt war unter dem Hemd. Im Gegenteil, sie war froh darüber und verspürte eine gewisse Wärme bei dem Gedanken, daß er ihre Brüste durch seine Linsen so deutlich sehen konnte. Nie und nimmer hätte sie sich in Richards Gegenwart so angezogen. Er hätte so etwas nicht gut gefunden. Ja, bevor sie Robert Kincaid kennengelernt hatte, hätte sie sich überhaupt niemals in diesem Aufzug sehen lassen.

Robert hatte sie gebeten, das Kreuz durchzudrücken, aber ganz, ganz leicht nur, und dann geflüstert: »Ja, ja, genau so, bleib so.« Das war der Augenblick, in dem er das Foto geschossen hatte, das sie jetzt anstarrte. Das Licht war perfekt, hatte er jedenfalls gesagt – »strahlend bewölkt« hatte er es genannt –, und während er sich um sie herumbewegte, hatte rhythmisch der Verschluß seiner Kamera geklickt.

Er war geschmeidig – genau das war das Wort, an das sie hatte denken müssen, während sie ihn so beobachtete. Trotz seiner zweiundfünfzig Jahre bestand sein Körper aus nichts als Muskeln, Muskeln, deren Spiel von einer Intensität und Kraft war, wie nur Männer sie entwickeln, die bei all ihrer schweren Arbeit auch auf sich achten. Er erzählte ihr, daß er Frontfotograf im Pazifik gewesen sei, und Francesca konnte sich vorstellen, wie er zusammen mit den Marinesoldaten in Pulverdampf gehüllte Strände heraufkam, die Kameras gegen seinen Körper schlagend, eine am Auge, deren Verschluß schier glühte, so rasend wie er seine Bilder schoß.

Sie sah sich das Bild noch einmal an, studierte es. Ich hab gar nicht so schlecht ausgesehen, dachte sie und lächelte über diesen milden Anfall von Selbstbewunderung. »Ich habe weder vorher noch nachher jemals so gut ausgesehen. Das war er.« Worauf sie sich wieder ein Schlückchen Brandy genehmigte, während der Regen sich auf den Rücken des Novemberwinds schwang und auf ihm über die Hügel fegte.

Robert Kincaid war in gewisser Hinsicht ein Zauberer, der in sich selbst an merkwürdigen, fast schon bedrohlichen Orten lebte. Francesca hatte das sogleich gespürt, als er an jenem heißen, trockenen Montag im August 1965 auf ihrer Auffahrt aus seinem Wagen stieg. Richard und die Kinder waren auf der Landwirtschaftsausstellung im benachbarten Illinois, um ihren eigens für den Wettbewerb gemästeten Ochsen auszustellen, dem man weit mehr Aufmerksamkeit schenkte als ihr, so daß sie die ganze Woche für sich allein hatte.

Eistee trinkend hatte sie vor dem Haus auf der Veranda gesessen und ganz beiläufig die Staubspirale des Pickups beobachtet, der da die Kreisstraße langgekommen war. Er bewegte sich ziemlich langsam, so als wäre der Fahrer auf der Suche nach etwas, hielt dann vor ihrer Zufahrt kurz an und bog dann ab, um auf das Haus zuzukommen. Großer Gott, hatte sie gedacht. Wer ist das?

Sie war barfuß, trug Jeans und ein verblichenes blaues Arbeitshemd mit aufgerollten Ärmeln, der Hemdzipfel hing heraus. Ihr langes schwarzes Haar wurde von einem Schildpattkamm gehalten, den ihr ihr Vater zum Abschied von der Heimat geschenkt hatte. Der kleine Laster rollte das Sträßchen herauf und hielt in der Nähe des Gatters im Drahtzaun, der das Haus umgab.

Francesca trat von der Veranda und ging ohne Eile durchs Gras in Richtung des Gatters. Und dann stieg aus dem Laster Robert Kincaid, der aussah, als sei er soeben einer illustrierten Geschichte der Schamanen entsprungen.

Das braune, militärisch geschnittene Hemd klebte ihm vor Schweiß auf dem Rücken; unter den Armen hatte er breite dunkle Ringe. Die obersten drei Knöpfe standen offen, und sie sah die strammen Brustmuskeln direkt unter dem schlichten Silberkettchen um seinen Hals. Über den Schultern hatte er breite orangefarbene Hosenträger, solche, wie Leute sie tragen, die viel Zeit in der Wildnis zubringen.

Er lächelte. »Tut mir leid, Sie so zu überfallen, aber ich bin auf der Suche nach einer überdachten Brücke, die irgendwo hier draußen sein soll, und ich kann sie einfach nicht finden. Ich fürchte, ich weiß im Augenblick nicht mehr, wo ich bin.« Er wischte sich mit einem blauen Halstuch über die Stirn und lächelte wieder.

Seine Augen sahen sie unverhohlen an, und sie spürte irgend etwas in ihr einen Hüpfer tun. Die Augen, die Stimme, das Gesicht, das silbrige Haar, die ungezwungene Art, mit der er sich bewegte, eine alte Art, eine beunruhigende Art, eine Art, die einen unwillkürlich in ihren Bann schlägt. Jene Art, deren Flüstern man vernimmt in den letzten Augenblicken, bevor einen der

Schlaf übermannt, wenn alle Barrieren gefallen sind. Eine Art, ein Instinkt, der bei allen Lebewesen die Moleküle im Raum zwischen den Geschlechtern verschiebt.

Auf Generationen müssen Generationen folgen; von diesem einen Gebot flüstert diese Art und sonst nichts. Ihre Macht ist unendlich, das Konzept dahinter von erhabener Eleganz. Diese Art ist unbeirrbar, ihr Ziel völlig klar. Diese alten Gesetze sind einfach; wir allein haben dafür gesorgt, daß sie kompliziert erscheinen. Francesca spürte dies, ohne zu wissen, daß sie es spürte. Und im selben Augenblick setzte etwas ein, das ihr Leben für immer verändern sollte.

Auf der Straße fuhr, eine Staubfahne hinter sich herziehend, ein Auto vorbei und hupte. Francesca winkte Floyd Clarks sonnengebräuntem Arm, der aus dem Fenster seines Chevy stak, und wandte sich wieder dem Fremden zu. »Sie sind nah dran. Die Brücke ist nur zirka zwei Meilen von hier.« Und dann, nach zwanzig Jahren in dieser engen Welt, einer Welt voller unantastbarer Verhaltensregeln und versteckter Gefühle, wie sie die ländliche Kultur nun mal verlangte, sagte Francesca Johnson zu ihrer eigenen Überraschung: »Ich kann sie Ihnen gerne zeigen, wenn Sie wollen.«

Warum sie das getan hatte, das war ihr nie so recht klargeworden. Vielleicht die Gefühle jenes jungen Mädchens in ihr, die nach all den Jahren wie eine Blase im Wasser aufstiegen und an der Oberfläche zerplatzten. Nicht daß sie schüchtern gewesen wäre, aber draufgängerisch war sie nun auch nicht gerade. Das einzige, was sie sich denken konnte, war, daß Robert Kincaid sie auf irgendeine Art und Weise in seinen Bann geschlagen hatte, und das schon nach den ersten paar Sekunden mit ihm.

Ihr Angebot überraschte ihn ganz offensichtlich. Aber er erholte sich rasch und meinte mit ernster Miene, daß er ihr in diesem Fall wirklich dankbar wäre. Von der Treppe vor der Hintertür holte sie ihre Cowboystiefel, die sie bei der Farmarbeit trug, und ging zurück zu seinem Laster, folgte ihm um diesen herum zur Beifahrertür.

»Ich brauche nur einen Augenblick, um Ihnen Platz zu machen – bei dem ganzen Krempel hier drin.«

Er murmelte vor sich hin, während er damit beschäftigt war, mehr an die eigene Adresse als an die ihre, und sie sah, daß ihn diese Geschichte etwas aus dem Konzept gebracht hatte und er nicht so recht wußte, was er davon halten sollte. Er schichtete grobleinene Rucksäcke und Stative um, eine Thermosflasche, Papiertüten. Hinten auf der Ladefläche sah sie, mit einem Stück Wäscheleine an einen Ersatzreifen gebunden, einen großen braunen Samsonite und einen

Gitarrenkoffer, beide arg ramponiert und völlig verstaubt.

Die Tür des Lasters fiel zu und schlug ihm gegen den Hintern, während er herumsortierte und Pappkaffeebecher und Bananenschalen in eine braune Einkaufstüte steckte, die er dann in den Stauraum warf, als er fertig war. Schließlich nahm er noch eine blauweiße Kühlbox vom Sitz und stellte auch sie nach hinten. In verblaßten roten Buchstaben stand auf der grünen Tür des Lasters »Kincaid, Photographie, Bellingham, Washington«.

»Okay, ich denke, Sie können sich jetzt reinquetschen.« Er hielt ihr die Tür auf, schloß sie hinter ihr, ging dann zur Fahrerseite und stieg mit einer eigenartigen, tiergleichen Anmut hinters Steuer. Er sah sie mit einem kurzen Blick an, lächelte dann verhalten und sagte: »Also, in welche Richtung?«

»Rechts.« Er drehte den Schlüssel, und die völlig verstellte Zündung brachte den Motor mühsam in Gang. Dann ging es die Auffahrt hinunter zur Straße, eine holprige Fahrt. Seine langen Beine bedienten die Pedale ganz automatisch; die alte Levis reichte ihm über die braunen ledergeschnürten Stiefel, die offensichtlich schon viele lange Fußmärsche hinter sich hatten.

Er beugte sich herüber und griff ins Handschuhfach, wobei sein Unterarm versehentlich ihren

Schenkel streifte. Den Blick halb durch die Windschutzscheibe, halb ins Handschuhfach gerichtet, holte er eine Visitenkarte heraus und gab sie ihr. »Robert Kincaid, Photograph & Autor«. Auch seine Adresse stand darauf, zusammen mit einer Telefonnummer.

»Ich bin hier im Auftrag von *National Geographic*«, sagte er. »Kennen Sie die Zeitschrift?«

»Ja.« Francesca nickte und dachte: Kennt die nicht jeder?

»Die machen was über überdachte Brücken, und das Madison County hier in Iowa hat offensichtlich ein paar besonders interessante. Sechs habe ich bereits entdeckt, aber ich denke, es gibt noch mindestens eine weitere, und die soll irgendwo in dieser Richtung sein.«

»Das ist die Roseman Bridge«, sagte Francesca über den Lärm des Windes, der Reifen und des Motors hinweg. Ihre Stimme hörte sich merkwürdig an, als gehöre sie jemand anderem, einem Teenager, der sich in Neapel aus einem Fenster lehnt, weit durch die Straßen der Stadt in Richtung der Züge schaut oder hinaus zum Hafen späht und von fernen Liebhabern träumt, die noch kommen würden. Während sie sprach, beobachtete sie das Spiel der Muskeln auf seinem Unterarm, wann immer er einen anderen Gang einlegte.

Neben ihr lagen zwei Rucksäcke. Die Klappe des

einen war geschlossen, die des anderen jedoch zurückgeschlagen, und sie sah das silbrige Gehäuse und die schwarze Rückwand einer Kamera herauslugen. Die Klappe einer Filmschachtel, »Kodachrome II, 25. 36 Aufnahmen«, war mit Klebstreifen auf die Rückwand geklebt. Hinter die Rucksäcke gestopft sah sie eine braune Weste mit unzähligen Taschen. Aus einer der Taschen baumelte eine dünne Schnur mit einem Drücker am Ende.

Hinter ihren Füßen lagen zwei Stative. Sie waren stark verkratzt, aber sie konnte noch einen Teil des arg mitgenommenen Schildchens lesen: »Gitzo«. Als er das Handschuhfach aufgemacht hatte, war ihr aufgefallen, daß es neben einer Stange Camels voller Notizbücher, Karten, Kugelschreiber, leerer Filmdosen und loser Münzen war.

»Biegen Sie an der nächsten Ecke rechts ab«, sagte sie. Was ihr Gelegenheit gab, einen raschen Blick auf Robert Kincaids Profil zu werfen. Seine Haut war gebräunt und glatt und glänzte vor Schweiß. Er hatte hübsche Lippen; aus irgendeinem Grund war ihr das gleich aufgefallen. Und seine Nase ähnelte jenen, die sie bei einem Familienurlaub drüben im Westen, die Kinder waren damals noch klein gewesen, bei Indianern gesehen hatte.

Er war nicht schön, jedenfalls nicht im herkömmlichen Sinn. Aber er war auch nicht unansehnlich. Beide Worte schienen irgendwie nicht auf ihn zu passen. Aber irgend etwas war da, er hatte etwas an sich. Etwas sehr Altes, von den Jahren leicht Ramponiertes, nicht in seiner Erscheinung, sondern in den Augen.

Am linken Handgelenk hatte er eine kompliziert aussehende Uhr an einem braunen, schweißfleckigen Lederband. Am rechten hing ein filigran geflochtenes silbernes Kettchen. Es hätte eine ordentliche Abreibung mit Silberpolitur nötig gehabt, dachte sie und schalt sich sofort dafür, derart in den Nichtigkeiten des Kleinstadtlebens verfangen zu sein, gegen das sie all die Jahre stillschweigend rebelliert hatte.

Robert Kincaid zog eine Schachtel Zigaretten aus seiner Brusttasche, schüttelte eine zur Hälfte heraus und bot sie ihr an. Und zum zweitenmal innerhalb von Minuten überraschte sie sich selbst, indem sie die Zigarette nahm. Was mache ich nur? dachte sie. Sie hatte vor Jahren einmal geraucht, es dann aber unter dem steten Druck von Richards Kritik aufgegeben. Er schüttelte eine zweite heraus, steckte sie sich zwischen die Lippen und schlug ein goldenes Zippo an, das er ihr dann hinüberhielt, wobei er die Augen nicht einen Augenblick von der Straße nahm.

Sie legte die Hände schützend um die Flamme, um den Fahrtwind abzuhalten, und berührte, indem sie sich gegen das Geschaukel des Lasters abstützte, seine Hand. Sie brauchte nur einen Augenblick, die Zigarette anzuzünden, aber es war lange genug, um die Wärme seiner Hand und die winzigen Härchen auf ihrem Rücken zu spüren. Sie lehnte sich in den Sitz, und er schwenkte das Feuerzeug in Richtung seiner eigenen Zigarette, bildete mit einer gekonnten Bewegung einen Paravent, ohne dabei die Hände länger als eine Sekunde vom Steuer zu nehmen.

Francesca Johnson, Farmersgattin, saß in den staubigen Sitz des Lasters gelehnt, rauchte die Zigarette und wies nach vorn: »Da ist sie, gleich hinter der Kurve.« Die alte Brücke, mit ihrer abblätternden roten Farbe, neigte sich etwas zur Seite nach all den Jahren, die sie sich nun schon über den kleinen Bach spannte.

Dann hatte Robert Kincaid gelächelt. Er warf ihr einen raschen Blick zu und sagte: »Toll. Da mach ich eine Aufnahme bei Sonnenaufgang.« Etwa dreißig Meter vor der Brücke hielt er an und stieg, den offenen Rucksack in der Hand, aus. »Ich gehe mal ein paar Minuten auf Erkundung, wenn's Ihnen nichts ausmacht.« Kopfschüttelnd erwiderte sie sein Lächeln.

Francesca sah ihm zu, wie er die Landstraße entlangging, eine Kamera aus dem Rucksack nahm und den Sack dann über die linke Schulter schlang. Es war eine so flüssige Bewegung, daß er sie schon Tausende von Malen gemacht haben mußte. Als er so ging, stand sein Kopf keinen Augenblick still; er blickte von einer Seite auf die andere, dann auf die Brücke, auf die Bäume dahinter. Einmal drehte er sich um und schaute mit ernster Miene zu ihr zurück.

Im Gegensatz zu den Leuten hier, die sich von Bratensoße, Kartoffeln und rotem Fleisch ernährten, einige von ihnen dreimal am Tag, sah Robert Kincaid ganz so aus, als äße er nichts als Obst, Nüsse und Gemüse. Ein zäher Kerl, dachte sie. Kein Gramm Fett an diesem Körper, so wie es aussah. Ihr fiel auf, wie klein sein Hintern in der engen Jeans war – sie konnte die Umrisse seiner Geldbörse in der linken Gesäßtasche sehen und die des Taschentuchs in der rechten – und daß er sich ohne jede überflüssige Bewegung über die Erde zu bewegen schien.

Es war still. Auf dem Draht eines Zaunes saß ein Sumpfhordenvogel und äugte zu ihr herein. Aus dem Gras neben der Straße rief ein Wiesenstärling herauf. Nichts sonst bewegte sich unter der Weißglut der Augustsonne.

Knapp vor der Brücke blieb Robert Kincaid stehen. Einen Augenblick lang stand er da, ging dann in die Hocke und schaute durch die Kamera. Er ging auf die andere Straßenseite und tat dort das gleiche. Dann trat er unter das Dach der Brücke, studierte Balken und Bodenplanken und warf durch ein Loch in der Seite einen Blick auf den Bach unter ihm.

Francesca drückte ihre Zigarette in den Aschenbecher, schwang die Tür auf und setzte die Stiefel in den Kies. Sie warf einen Blick die Straße hinauf, um sich zu vergewissern, daß auch kein Auto ihrer Nachbarn gefahren kam, und ging dann auf die Brücke zu. Die Sonne wirkte jetzt, am späten Nachmittag, wie ein Hammer, und es sah ganz so aus, als wäre es unter dem Dach der Brücke kühler. Sie sah seine Silhouette am anderen Ende, bis er die Böschung zum Bach hinunter verschwand.

Drinnen hörte sie die Tauben in ihren Nestern im Dachstuhl leise gurren, und als sie eine Hand auf das Geländer legte, spürte sie dessen Wärme. Auf einigen der Planken waren Kritzeleien: »Jimbo – Denison, Iowa«. »Sherry + Dubby«. »Vorwärts, Hawks!« Die Tauben gurrten leise vor sich hin.

Francesca spähte durch einen Spalt zwischen zwei Seitenplanken hinunter zum Bach, wo Robert Kincaid verschwunden war. Sie fand ihn auf einem Stein in der Mitte des winzigen Flüßchens stehend, von wo aus er sich die Brücke besah; als sie ihn winken sah, fuhr sie zusammen. Er sprang zurück ans Ufer und kam mühelos die steile Böschung herauf. Sie beobachtete

das Wasser, bis sie seine Stiefel auf den Planken der Brücke spürte.
»Ist wirklich nett hier, richtig hübsch«, sagte er, und seine Stimme hallte unter dem Dach der Brücke.
Francesca nickte. »Ja, das ist es. Für uns hier aus der Gegend sind die alten Brücken nichts Besonderes, hier denkt keiner groß darüber nach.«
Er kam auf sie zu und hielt ihr einen kleinen Strauß Wiesenblumen hin: Goldbälle. »Danke für die Führung.« Ein kleines Lächeln umspielte seinen Mund. »Ich werde in den nächsten Tagen mal in der Morgendämmerung wiederkommen und meine Aufnahmen machen.«
Wieder bewegte sich etwas in ihr. Blumen. Niemand hier schenkte ihr Blumen, noch nicht mal bei besonderen Anlässen.
»Ich weiß nicht mal, wie Sie heißen«, sagte er.
Ihr wurde mit einemmal bewußt, daß sie sich noch gar nicht vorgestellt hatte, und sie kam sich dumm vor deswegen. Als sie es nachgeholt hatte, nickte er und sagte: »Mir ist da eine Spur von einem Akzent aufgefallen. Sind Sie Italienerin?«
»Ja. Ist aber schon lange her.«
Zurück in den grünen Laster. In der untergehenden Sonne über die geschotterten Straßen. Zweimal begegneten sie Autos, aber es war niemand, den Francesca kannte. In den vier Minuten, die sie zurück zur Farm brauchten, begann

sie sich treiben zu lassen; sie fühlte sich merkwürdig aufgelöst. Der Grund dafür war, daß sie mehr von Robert Kincaid, Photograph & Autor, wollte. Sie wollte mehr über ihn wissen und hielt krampfhaft und kerzengerade seine Blumen im Schoß, wie ein Schulmädchen, das vom Wandertag kam.

Das Blut war ihr ins Gesicht gestiegen. Sie konnte es spüren. Nicht daß sie etwas getan oder gesagt hätte, aber es kam ihr so vor. Das Radio des Lasters, kaum zu hören beim Rauschen des Windes und der Straße, brachte eine Steel-guitar-Melodie und dann die Fünfuhrnachrichten.

Er lenkte den Laster die Zufahrt hinauf. »Ist Richard Ihr Mann?« Er hatte den Briefkasten gesehen.

»Ja«, sagte sie, etwas außer Atem. Nachdem sie die Worte erst mal herausgelassen hatte, wollten die anderen nicht mehr drinbleiben. »Ist ganz schön heiß. Hätten Sie gern einen Eistee?«

Er sah zu ihr herüber. »Also, wenn's Ihnen recht ist, ich könnte einen vertragen.«

»Es ist mir recht.«

Sie gab ihm – beiläufig genug, so hoffte sie – Anweisungen, den Laster hinter dem Haus zu parken. Das Letzte, was sie wollte, war, daß Richard nach Hause kam und einer ihrer Nachbarn ihm sagte: »Hey, Dick, läßt wohl was reparieren bei dir? Weil ich vorige Woche einen grünen Pickup bei dir vorm Haus gesehen hab. Aber ich hab ja gewußt, daß Frannie daheim ist, da hab ich nicht extra nachgeschaut.«

Die rissigen Betonstufen zur Tür an der hinteren Veranda hinauf. Er hielt ihr, seine Kamerasäcke in der Hand, die Tür auf. »Ist viel zu heiß, um die Ausrüstung im Wagen zu lassen«, hatte er gesagt, als er sie herausgezogen hatte.

In der Küche war es ein wenig kühler, aber immer noch heiß. Der Collie beschnupperte Kincaids Stiefel, trottete dann hinaus auf die hintere Veranda und machte es sich bequem, während Francesca Eis aus Metallformen brach und aus einem gläsernen 2-Liter-Krug Tee einschenkte. Sie wußte, er beobachtete sie, wie er da am Küchentisch saß, die langen Beine von sich gestreckt, und sich mit beiden Händen durchs Haar fuhr.

»Zitrone?«

»Ja, bitte.«

»Zucker?«

»Nein, danke.«

Der Zitronensaft tröpfelte langsam ein Glas entlang, und auch das sah er. Kaum etwas, das Robert Kincaid entging.

Francesca stellte das Glas vor ihn hin. Stellte ihr eigenes auf die andere Seite des resopalbeschichteten Tisches und ihre Blumen ins Wasser, in ein altes Geleeglas mit Bildern von Donald

Duck. Gegen die Arbeitsplatte der Anrichte gelehnt, balancierte sie auf einem Bein, bückte sich und zog einen Stiefel aus. Stand dann auf einem bloßen Fuß da und wiederholte den Vorgang mit dem anderen Stiefel.

Er nahm einen kleinen Schluck Tee und beobachtete sie. Sie war etwa einssiebenundsechzig, um die Vierzig, vielleicht auch ein bißchen älter, hatte ein hübsches Gesicht und einen schönen, warmen Körper. Aber schönen Frauen begegnete er überall auf seinen Reisen. Diese körperlichen Dinge waren ja durchaus angenehm, aber Intelligenz und aus dem Leben erwachsene Leidenschaft, die Fähigkeit, etwas durch Feinheiten des Geistes und der Seele zu bewegen und selbst davon bewegt zu werden, das war es, was wirklich für ihn zählte. Aus diesem Grund fühlte er sich auch selten von jungen Frauen angezogen, ungeachtet ihrer äußerlichen Schönheit. Sie hatten einfach noch nicht lange genug gelebt, um über jene Qualitäten zu verfügen, die ihn interessierten.

Francesca Johnson jedoch hatte etwas, das sein Interesse erweckte. Sie war intelligent; das konnte er spüren. Und sie war leidenschaftlich, obwohl er nicht so recht dahinterkam, auf was diese Leidenschaft gerichtet war oder ob sie überhaupt eine Richtung hatte.

Später erzählte er ihr, er könne zwar nicht sagen,

warum, aber ihr zuzusehen, wie sie die Stiefel auszog, sei einer der sinnlichsten Augenblicke gewesen, an die er zurückdenken könne. Das Warum war nicht wichtig. Das war nicht seine Art, das Leben anzugehen. »Die Analyse zerstört die Ganzheit. Manche Dinge, magische Dinge, sind einfach als Ganzes gedacht. Betrachtet man ihre Teile, dann verschwinden sie.« Genau das hatte er ihr gesagt.

Sie setzte sich an den Tisch, ein Bein unter den Körper gezogen, schob einige Haarsträhnen nach hinten, die ihr ins Gesicht gefallen waren, befestigte sie wieder mit dem Schildpattkamm. Dann stand sie noch einmal auf und trat ans Geschirregal, nahm einen Aschenbecher herunter und stellte ihn auf den Tisch, so daß er ihn erreichen konnte.

Mit diesem stillschweigenden Einverständnis zog er die Packung Camels heraus und hielt sie ihr hin. Sie nahm eine und bemerkte, daß sie etwas feucht war, weil er so stark schwitzte. Und wieder das gleiche Zeremoniell. Er hielt ihr das goldene Zippo hin, sie berührte seine Hand, um ihr Halt zu geben, spürte durch ihre Fingerspitzen seine Haut und lehnte sich dann zurück. Die Zigarette schmeckte herrlich, und sie lächelte.

»Was genau machen Sie eigentlich – ich meine als Fotograf?«

Er musterte seine Zigarette und sagte dann leise:

»Ich arbeite freiberuflich – äh, als freier Fotograf – für *National Geographic.* Ich habe eine Idee, verkaufe sie der Zeitschrift und krieg dann den Auftrag für die Bilder. Oder die haben etwas, was sie gemacht haben wollen, und setzen sich mit mir in Verbindung. Man hat keine großen künstlerischen Ausdrucksmöglichkeiten, es ist schließlich ein ziemlich konservatives Magazin. Aber sie bezahlen anständig. Nicht großartig, aber anständig, und sie haben immer wieder was. Den Rest der Zeit schreibe und fotografiere ich auf eigene Kappe und schicke die Artikel dann an andere Zeitschriften. Wenn es mal nicht so gut läuft, dann arbeite ich auch schon mal für die Industrie, obwohl ich das fürchterlich beengend finde.
Manchmal schreibe ich auch Gedichte, nur so für mich selbst. Hin und wieder versuche ich mich an einer Geschichte, aber ich scheine nicht das rechte Feeling für so was zu haben. Ich lebe nördlich von Seattle und arbeite manchmal auch in der Gegend. Ich fotografiere gern die Fischerboote und die Indianersiedlungen, und dann Landschaften.
Die Arbeit für *National Geographic* bringt es mit sich, daß ich manchmal monatelang irgendwo festhänge, vor allem, wenn es um eine große Story geht wie über einen Teil des Amazonas oder die nordafrikanische Wüste. Normaler-

weise nehme ich den Flieger für einen Auftrag wie den hier und miete mir dann einen Wagen. Aber mir war einfach danach, ein bißchen durch die Gegend zu fahren und sie auf künftige Möglichkeiten hin auszukundschaften. Ich bin den Lake Superior heruntergekommen, zurück fahre ich durch die Black Hills. Und was machen Sie?«

Francesca hatte die Frage nicht erwartet. Sie stammelte einen Augenblick. »Ach, na ja, bestimmt nicht so was wie Sie. Ich habe Vergleichende Literaturwissenschaften studiert. Und in Winterset hatte man grade Schwierigkeiten, Lehrer zu finden, als ich 1946 hierherkam, und die Tatsache, daß ich einen Mann aus der Gegend und obendrein einen Kriegsteilnehmer geheiratet hatte, machte mich für die Leute akzeptabel. Also habe ich die Lehrerprüfung gemacht und an der High-School einige Jahre Englisch unterrichtet. Aber Richard paßte es nicht, daß seine Frau arbeitete. Er meinte, er könnte uns durchaus allein ernähren und daß es nicht nötig wäre, vor allem nicht, als dann unsere beiden Kinder größer wurden. Also habe ich aufgehört und bin Farmersfrau geworden – ganztags. Das ist alles.«

Sie merkte, daß sein Eistee fast leer war, und schenkte ihm aus dem Krug nach.

»Danke. Wie gefällt es Ihnen hier in Iowa?«

Es war dies in gewissem Sinne ein Augenblick der Wahrheit. Sie wußte das. Die Standardantwort war: »Och, ganz gut. Es ist ruhig. Die Leute sind wirklich nett.«

Sie antwortete ihm nicht sofort. »Könnte ich noch eine Zigarette haben?« Wieder die Pakkung Camels, das Feuerzeug, wieder die Berührung seiner Hand, ganz sachte. Die Sonne spazierte über die hintere Veranda und erreichte den Hund, der sofort aufstand und sich verkroch. Francesca sah Robert Kincaid zum erstenmal in die Augen.

»Ich sollte jetzt wohl sagen: ›Och, ganz gut. Es ist ruhig. Die Leute sind wirklich nett.‹ Was natürlich auch stimmt. Es ist ruhig hier. Die Leute sind nett, in gewisser Hinsicht jedenfalls. Wir helfen einander aus. Wenn jemand krank wird oder sich verletzt, dann fassen die Nachbarn mit an und ernten Mais oder Hafer, was eben gerade anfällt. In der Stadt kann man sein Auto unverschlossen stehen lassen, und die Kinder können herumlaufen, ohne daß man sich Sorgen um sie machen muß. Die Leute hier haben eine Menge guter Seiten, und ich respektiere sie für diese Qualitäten.

Aber« – sie zögerte, rauchte, blickte über den Tisch hinweg Robert Kincaid an – »es ist nicht das, was ich mir als Mädchen erträumt habe.«

Die Beichte, endlich. Die Worte waren seit Jahren schon dagewesen, aber sie hatte sie nie ausgesprochen. Jetzt hatte sie sie einem Mann mit einem grünen Pickup aus Bellingham in Washington gesagt.

Einen Augenblick lang sagte er nichts. Dann: »Ich habe mir neulich was notiert, falls ich vielleicht irgendwann mal Verwendung dafür habe, nur so ein Gedanke, der mir kam, als ich so vor mich hin gefahren bin. Passiert mir oft, so was. Er geht so: ›Die alten Träume waren gute Träume; sie haben sich nicht erfüllt, aber ich bin froh, sie gehabt zu haben.‹ Ich weiß selbst nicht genau, was es bedeutet, aber ich werde es irgendwo verwenden. Ich will nur sagen, ich glaube, ich weiß ein bißchen, wie Ihnen zumute ist.«

Francesca lächelte ihn daraufhin an. Zum ersten Mal, und ihr Lächeln war warm und kam von Herzen. Und dann siegte die Spielerin in ihr. »Möchten Sie zum Abendessen bleiben? Meine Familie ist nicht da, also habe ich nicht allzuviel im Haus, aber es wird mir schon was einfallen.«

»Na ja, von Lebensmittelläden und Restaurants hab ich die Nase ziemlich voll. Soviel steht mal fest. Also, wenn es Ihnen nicht zu viele Umstände macht, ich hätte nichts dagegen.«

»Mögen Sie Schweinekoteletts? Ich könnte welche machen mit etwas Gemüse aus dem Garten.«

»Das Gemüse allein würde mir völlig genügen. Ich esse kein Fleisch. Schon seit Jahren nicht mehr. Ohne großes Trara, ich fühle mich nur einfach besser so.«

Francesca lächelte wieder. »In dieser Gegend könnten Sie mit Ihrer Einstellung keinen Blumentopf gewinnen. Richard und seine Freunde würden sagen, Sie versuchen, ihnen ihre Existenz kaputtzumachen. Ich esse selbst auch nicht viel Fleisch, ich weiß auch nicht, warum, ich mache mir einfach nichts draus. Aber bei jedem Versuch, meiner Familie ein fleischloses Abendessen vorzusetzen, ernte ich nur Proteste. Also habe ich es schließlich aufgegeben. Es wird mir eine Freude sein, mir zur Abwechslung mal was anderes ausdenken zu können.«

»Na schön, aber machen Sie sich bloß keine großen Umstände wegen mir. Übrigens, ich habe da eine ganze Menge Filme in meiner Kühlbox. Ich muß das geschmolzene Eiswasser ausleeren und ein bißchen Ordnung in meine Sachen bringen. Das wird ein Weilchen dauern.« Er stand auf und trank den Rest seines Tees.

Sie sah ihm zu, wie er zur Küchentür hinaus über die Veranda und in den Garten ging. Er ließ die Fliegentür nicht zuknallen wie alle anderen, sondern machte sie sachte zu. Kurz bevor er hinausging, ging er kurz in die Hocke und tätschelte den Collie, der ihm die Aufmerksamkeit mit einigen feuchten Zungenschlägen über die Arme quittierte.

Francesca ließ sich oben ein schnelles Bad einlaufen und spähte, während sie sich abtrocknete, über den Saum der Spanngardine in den Hof. Sein Koffer war offen, und er wusch sich an der alten Handpumpe. Sie hätte ihm sagen sollen, daß er sich im Haus duschen könnte, wenn er wollte. Sie hatte es ihm schon sagen wollen, war dann aber einen Augenblick vor dem Maß an Intimität zurückgeschreckt, die dies für sie bedeutet hätte, und hatte es in ihrer Verwirrung dann völlig vergessen.

Aber Robert Kincaid hatte sich schon unter schlechteren Bedingungen gewaschen. In Eimern mit brackigem Wasser im Land der Tiger, mit dem Wasser seiner Feldflasche in der Wüste. In ihrem Hof hatte er sich bis zur Hüfte ausgezogen und benutzte das schmutzige Hemd als Mittelding zwischen Waschlappen und Handtuch. »Ein Handtuch«, schalt sie sich, »wenigstens ein Handtuch hätte ich ihm geben können.«

Auf seinem Rasiermesser, das auf dem Betonsockel der Pumpe lag, fing sich das Licht der Sonne, und sie sah ihm zu, wie er sich einseifte und abschabte. Er war – schon wieder dieses Wort, dachte sie – hart. Er war kein Schrank, vielleicht einsvierundachtzig, eher dünn. Aber er hatte kräftige Schultermuskeln für seine Statur, und sein Bauch war flach wie eine Messerklinge. Er sah mit Sicherheit jünger aus, als er war, und er sah auch ganz anders aus als die Männer hier aus der Gegend, die schon zum Frühstück zuviel Hefenudeln mit Bratensoße aßen.

Das letzte Mal, als sie in Des Moines einkaufen gewesen war, hatte sie sich ein neues Parfüm mitgebracht – Wind Song –, das benutzte sie jetzt, sparsam. Was sollte sie anziehen? Es schien ihr nicht richtig, sich zu sehr aufzudonnern, da er ja noch immer in Arbeitskleidung war. Eine langärmelige Bluse, die Ärmel bis unter die Ellenbogen gerollt, saubere Jeans, Sandalen. Die goldenen Ohrringe, große Creolen, die sie, laut Richard, wie ein Flittchen aussehen ließen, und einen goldenen Armreif. Das Haar mit einer Spange nach hinten gezogen, so daß es ihr über den Rücken fiel. Das war bestimmt das Richtige.

Als sie in die Küche kam, saß er bei seinen Rucksäcken und der Kühlbox, in einem sauberen Khakihemd, die orangefarbenen Hosenträger darüber. Auf dem Tisch lagen drei Kameras, fünf Objektive und ein frisches Päckchen Camels. Auf allen drei Kameras stand Nikon. Ebenso auf den schwarzen Objektiven, von denen er kurze, mittlere und ein längeres hatte. Die Ausrüstung war verkratzt und hatte hier und da eine Delle. Aber er ging behutsam, wenn auch lässig damit um, als er sie so abwischte, bürstete oder den Staub wegblies.

Er blickte zu ihr auf, wieder mit seiner ernsten, schüchternen Miene. »Ich habe etwas Bier in der Box. Möchten Sie eins?«

»Ja, sehr gerne.«

Er holte zwei Flaschen Budweiser heraus. Als er den Deckel hob, konnte sie, wie Klafterholz gestapelt, durchsichtige Plastikschalen voller Filme sehen. Außer den beiden Flaschen, die er herausholte, befanden sich noch vier weitere in der Box.

Francesca zog eine Schublade auf und suchte nach einem Öffner. Aber er sagte: »Ich hab einen.« Er nahm das Schweizer Offiziersmesser aus dem Etui am Gürtel und klappte den Flaschenöffner heraus.

Er reichte ihr eine Flasche und hob dann die seine wie zum Gruß: »Auf überdachte Brücken am Spätnachmittag, oder besser noch, an warmen, roten Morgen.« Er grinste.

Francesca sagte nichts, lächelte aber sanft und hob ihre Flasche, zögernd und verlegen, ein wenig an. Ein merkwürdiger Fremder: Blumen, Parfüm, Bier und ein Trinkspruch an einem heißen Montag im Spätsommer. Es war fast schon mehr, als sie verkraften konnte.

»Da hat es vor langer Zeit mal jemanden gegeben, der an einem Augustnachmittag Durst ge-

habt hat. Und wer immer das gewesen ist, er hat seinen Durst studiert, irgendwas zusammengebastelt und das Bier erfunden. Genauso ist das entstanden – und es gab ein Problem weniger.«
Er hantierte an einer Kamera herum, fast hätte man meinen können, er rede mit ihr, als er mit seinem feinen Schraubendreher ein Schräubchen am silbrigen Oberteil des Gehäuses nachzog.

»Ich gehe mal für einen Augenblick in den Garten. Ich bin gleich wieder da.«

»Soll ich helfen?«

Sie schüttelte den Kopf und ging an ihm vorbei, spürte seinen Blick auf ihren Hüften und fragte sich, ob er ihr wohl den ganzen Weg über die Veranda hinterhersah; sie vermutete es. Sie hatte recht. Er sah ihr nach. Schüttelte den Kopf und sah wieder hin. Beobachtete ihren Körper, dachte an die Intelligenz, über die sie, wie er wußte, verfügte, und sinnierte über die anderen Dinge, die er in ihr spürte. Er fühlte sich zu ihr hingezogen; und er kämpfte dagegen an. Der Garten lag jetzt im Schatten. Francesca durchkämmte ihn mit einer rissigen weißen Emailschüssel. Sie sammelte Karotten und Petersilie, Pastinaken, Zwiebeln und weiße Rüben.

Als sie wieder in die Küche trat, war Robert Kincaid eben dabei, seine Rucksäcke zu packen, sauber und methodisch, wie sie bemerkte. Ganz offensichtlich hatte alles seinen festen Platz. Er hatte sein Bier ausgetrunken und zwei weitere geöffnet, obwohl sie mit dem ihren noch nicht ganz fertig war. Sie legte den Kopf in den Nakken, leerte das erste und reichte ihm die leere Flasche.

»Kann ich was tun?« fragte er.

»Sie können die Wassermelone von der Veranda holen und ein paar Kartoffeln aus dem Eimer draußen.«

Er bewegte sich mit einer solchen Leichtigkeit; sie war richtig erstaunt, wie rasch er auf die Veranda ging und wieder hereinkam, die Melone unterm Arm, vier Kartoffeln in den Händen. »Genügen die?«

Sie nickte und dachte, wie geisterhaft er doch schien. Er legte alles auf die Arbeitsplatte neben der Spüle, wo sie das Gemüse putzte, kehrte dann wieder zu seinem Stuhl zurück und steckte sich eine Camel an, als er sich setzte.

»Wie lange werden Sie hier sein?« fragte sie, den Blick auf das Gemüse gerichtet, das sie bearbeitete.

»Ich weiß noch nicht. Ich bin in dieser Jahreszeit nicht der Schnellste, und bis zu meinem Termin für die Aufnahmen von den Brücken hab ich noch drei Wochen. Ich nehme also an, solange es eben dauert, alles richtig hinzukriegen. Wahrscheinlich so eine Woche.«

»Wo wohnen Sie denn? In der Stadt?«
»Ja. In so einem kleinen Motel mit Blockhütten. Sowieso-Motor Court. Ich habe mich heute morgen erst eingemietet. Ich habe noch nicht mal meine Sachen ausgepackt.«
»Ist auch die einzige Möglichkeit, hier zu übernachten, es sei denn bei Mrs. Carlson, die nimmt auch Gäste. Die Restaurants werden Sie allerdings enttäuschen, noch dazu bei Ihren Eßgewohnheiten.«
»Ich weiß. Das ist überall so. Aber ich habe gelernt, über die Runden zu kommen. Um diese Jahreszeit ist es sowieso nicht so schlimm, da finde ich frisches Gemüse in den Läden und an den Ständen entlang der Straße. Brot und noch ein paar andere Kleinigkeiten, damit komme ich schon so ungefähr hin. Aber es ist schön, so eingeladen zu werden. Ich bin Ihnen wirklich dankbar.«
Sie langte über die Platte und machte ein kleines Radio an, eines mit nur zwei Knöpfen und braunem Stoff vor den Lautsprechern. »Mit Zeit in der Tasche und dem Wetter als Freund«, sang eine Stimme zu dröhnenden Gitarren. Sie stellte den Ton leise.
»Ich bin ziemlich gut im Gemüseschnitzeln«, erbot er sich.
»Okay, hier ist das Schneidebrett, ein Messer ist im Schub rechts darunter. Ich mache uns

einen Eintopf, also würfeln Sie es halt, so gut es geht.«

Er stand einen halben Meter neben ihr, den Blick gesenkt, und schnitt und schnipselte Karotten, Rüben, Pastinaken und Zwiebeln. Francesca schälte die Kartoffeln in die Spüle, sich der Nähe dieses fremden Mannes ständig bewußt. Noch nie hatte sie Kartoffelschälen mit solchen Gefühlen in Verbindung gebracht.

»Spielen Sie Gitarre? Ich habe den Koffer in Ihrem Laster gesehen.«

»So 'n bißchen. Sie leistet mir nur Gesellschaft, mehr nicht. Meine Frau war sozusagen eine der ersten Folksängerinnen, lange bevor die Musik populär wurde. Sie hat mir ein bißchen was beigebracht.«

Bei dem Wort *Frau* war Francesca leicht erstarrt. Warum, das wußte sie nicht. Er hatte ein gutes Recht darauf, verheiratet zu sein, aber irgendwie paßte es nicht zu ihm. Sie wollte nicht, daß er verheiratet war.

»Sie hat meine langen Reisen nicht ausgehalten, wenn ich gleich monatelang weg war. Ich kann's ihr nicht verübeln. Sie hat sich vor neun Jahren verabschiedet. Und sich ein Jahr später scheiden lassen. Da wir keine Kinder hatten, war es nicht weiter kompliziert. Eine Gitarre hat sie mitgenommen, die Zigarrenkiste da draußen hat sie mir dagelassen.«

»Haben Sie seither von ihr gehört?«
»Nein, nie wieder.«
Das war alles, was er dazu sagte. Francesca drang nicht weiter in ihn. Aber sie fühlte sich besser, selbstsüchtigerweise, und fragte sich, warum es ihr so oder so überhaupt etwas ausmachen sollte.
»Ich bin zweimal in Italien gewesen«, sagte er. »Wo stammen Sie her?«
»Neapel.«
»So weit bin ich nie gekommen. Ich war einmal im Norden zu Aufnahmen am Po. Und das zweite Mal dann wegen einer Fotoserie auf Sizilien.«
Francesca schälte Kartoffeln und dachte kurz an Italien, während sie die Anwesenheit Robert Kincaids neben sich spürte.
Im Westen waren Wolken aufgezogen und hatten die Sonne in schräge Strahlen gespalten, die in verschiedenen Richtungen abstanden. Er sah zum Fenster über der Spüle hinaus und sagte: »Gotteslicht. Kalenderverlage sind ganz scharf darauf. Und religiöse Magazine.«
»Hört sich interessant an, Ihre Arbeit«, sagte Francesca. Sie verspürte das Bedürfnis, eine unverfängliche Unterhaltung aufrechtzuerhalten.
»Das ist sie. Ich mache sie ausgesprochen gern. Ich bin gern unterwegs, und ich mache gern Bilder.«

Ihr fiel auf, daß er sagte, er mache gern »Bilder«, nicht Fotos oder daß er gern fotografiere. »Sie machen Bilder, keine ›Fotos‹?«

»Ja. So sehe ich es jedenfalls. Das ist der Unterschied zwischen Leuten, die sonntags ein paar Schnappschüsse knipsen, und jemandem, der sich damit den Lebensunterhalt verdient. Wenn ich mit der Brücke fertig bin, die wir heute gesehen haben, dann wird sie nicht ganz so aussehen, wie Sie das erwarten. Ich werde etwas eigenes daraus gemacht haben, durch die Wahl meines Objektivs, durch den Aufnahmewinkel, den Bildaufbau ganz allgemein – höchstwahrscheinlich mit einer Mischung aus all diesen Kriterien.

Ich betrachte Dinge nicht einfach als gegeben; ich versuche etwas aus ihnen zu machen, das mein ganz persönliches Bewußtsein reflektiert. Ich versuche die Poesie in einem Bild zu finden. Das Magazin hat seinen eigenen Stil, seine eigenen Vorstellungen, und mein Geschmack deckt sich nicht immer mit dem der Redaktion; genaugenommen tut er das ziemlich selten. Und das stört die dann manchmal, obwohl sie ja entscheiden, was gedruckt und was weggelassen wird. Ich nehme an, die kennen ihre Leser, aber ich wollte, sie würden hin und wieder ein kleines Risiko eingehen. Ich sage ihnen das auch, und es macht ihnen zu schaffen.

Das ist das Problem, sich seinen Lebensunterhalt mit einer Kunstform zu verdienen. Man hat immer mit Märkten zu tun, und Märkte – Massenmärkte – sind nun mal auf den Durchschnittsgeschmack zugeschnitten. So kommt man zu seiner Auflage. So ist das nun mal, nehme ich an. Aber, wie ich schon gesagt habe, das kann auch ziemlich beengend sein. Sie lassen mich die Aufnahmen behalten, die sie nicht verwenden, so daß ich wenigstens mein eigenes, privates Archiv von solchen Sachen habe.

Und ab und zu mal nimmt eine andere Zeitschrift ein oder zwei davon, oder ich kann einen Artikel über eine Gegend schreiben, in der ich gewesen bin, und sie mit etwas Gewagterem illustrieren, als es dem Geschmack von *National Geographic* entspricht.

Irgendwann schreibe ich noch mal einen Essay mit dem Titel ›Die Vorzüge der Liebhaberei‹. Für all die Leute, die sich wünschen, sie könnten sich ihren Lebensunterhalt mit Kunst verdienen. Nichts ist tödlicher für künstlerische Leidenschaft als der Markt. Alles, was in dieser Welt da draußen zählt, ist Sicherheit, für die meisten jedenfalls. Alle wollen Sicherheit, und die Magazine, die Industrie geben den Leuten diese Sicherheit, geben ihnen Homogenität, geben ihnen das Vertraute und Bequeme – nur nichts in Frage stellen.

Profit und Abonnenten und was sonst noch so

dazugehört, das ist es, was die Kunst beherrscht. Wir alle werden auf das große Rad der Gleichförmigkeit geflochten.
Die Marketingleute sprechen ständig von einem Wesen, das sie ›Konsument‹ nennen. Ich muß dabei immer an einen kleinen dicken Kerl in weiten Bermudashorts denken, Hawaiihemd und Strohhut mit Flaschenöffnern dran – und in der Hand ein Bündel Dollarscheine.«
Francesca lachte leise und dachte dabei an Sicherheit und Bequemlichkeit.
»Nicht daß ich wirklich Grund zum Jammern hätte. Wie gesagt, die Reisen sind toll, und dann mach ich nun mal gern mit Kameras herum und bin gern in der freien Natur. Die Realität sieht natürlich anders aus, als ich mir das anfangs vorgestellt habe, aber es ist beileibe kein schlechtes Leben.«
Francesca nahm an, daß diese Unterhaltung für Robert Kincaid etwas Alltägliches war. Für sie war sie schon fast literarisch. Die Leute im Madison County unterhielten sich nicht so und nicht über derlei Dinge. Hier unterhielt man sich über das Wetter und die Agrarpreise, über Geburten und Beerdigungen, Regierungsmaßnahmen, Football, Baseball. Nicht über Kunst und Träume. Nicht über Realitäten, die die Musik in einem verstummen ließen, oder unter Verschluß gehaltene Träume.

Er hatte das Gemüse gewürfelt. »Kann ich sonst noch was tun?«
Sie schüttelte den Kopf. »Nein, wir sind so gut wie fertig.«
Er setzte sich wieder an den Tisch, rauchte, trank ab und zu einen Schluck Bier. Sie kochte, nippte dabei ab und zu an ihrer eigenen Flasche. Sie begann den Alkohol zu spüren, selbst das bißchen schon. Sie und Richard tranken im Grunde nur an Silvester in der Legion Hall. Darüber hinaus gab es kaum etwas, und abgesehen von der Flasche Brandy, die sie irgendwann einmal in einem vagen Anfall von Hoffnung auf etwas Romantik in ihrem ländlichen Dasein gekauft hatte, war selten Alkohol im Haus. Die Flasche war nie geöffnet worden.
Pflanzenöl, anderthalb Tassen Gemüse. Leicht anbräunen. Mehl hinzugeben und gut verrühren. Wasser hinzufügen, einen halben Liter. Den Rest des Gemüses dazugeben und würzen. Auf kleiner Flamme kochen lassen, etwa vierzig Minuten.
Da der Rest sich von allein erledigte, setzte Francesca sich wieder ihm gegenüber. Eine bescheidene Intimität legte sich über die Küche. Das Kochen hatte irgendwie dafür gesorgt. Abendessen für einen Fremden zu machen, der neben einem Rüben – und damit auch die Distanz – zerstückelte; das hatte ihm etwas von seiner

Fremdheit genommen und Raum für Intimität geschaffen.

Er schob ihr die Zigaretten hinüber, das Feuerzeug auf der Packung. Sie schüttelte eine heraus, hantierte ungeschickt mit dem Feuerzeug herum, kam sich vor, als hätte sie zwei linke Hände. Es wollte keine Flamme kommen. Er lächelte leicht, nahm ihr das Feuerzeug behutsam aus der Hand und drehte den Feuerstein zweimal, bevor der Docht Feuer fing. Er hielt es ihr hin, und sie entzündete ihre Zigarette. Normalerweise fühlte sie sich in Gegenwart von Männern anmutig verglichen mit ihnen. Nicht so bei Robert Kincaid.

Die weiße Sonne hatte sich in einen großen roten Ball verwandelt, der genau über den Maisfeldern lag. Durchs Küchenfenster sah sie einen Falken die ersten Aufwinde des Abends reiten. Im Radio gab es die Siebenuhrnachrichten und den Marktbericht. Und Francesca sah über die gelbe Resopalplatte hinweg Robert Kincaid an, der einen so weiten Weg zurückgelegt hatte, um in ihrer Küche zu landen. Einen weiten Weg, der nicht in Kilometern zu messen war.

»Riecht wirklich gut«, sagte er und deutete auf den Herd. »Es riecht... nach Stille.« Er sah sie an.

»Nach Stille? Kann etwas nach Stille riechen?« Sie ließ sich den Satz durch den Kopf gehen. Er hatte recht. Nach den Schweinekoteletts, den Steaks und den Braten, die sie ihrer Familie machte, war das hier eine ruhige Küche. Und außer dem Herausreißen des Gemüses nirgendwo in der Nahrungskette auch nur die Spur von Gewalt. Der Eintopf köchelte leise vor sich hin und roch nach Stille. Es war still hier in der Küche.

»Wenn es Ihnen nichts ausmacht, erzählen Sie mir doch was über Ihr Leben in Italien.« Er hatte sich auf dem Stuhl ausgestreckt, das rechte Bein an den Knöcheln übers linke gelegt.

Es war ihr nicht wohl bei so viel Stille in seiner Gegenwart, und so redete sie. Erzählte ihm von ihrer Kindheit, der Privatschule, den Nonnen, ihren Eltern – der Hausfrau und dem Filialleiter einer Bank. Davon, wie sie als Teenager an der Kaimauer gestanden und den Schiffen aus aller Welt zugesehen hatte. Von den amerikanischen Soldaten, die später gekommen waren. Davon, wie sie Richard in einem Café kennenlernte, in dem sie zusammen mit ihrer Freundin einen Kaffee getrunken hatte. Der Krieg hatte so viele Leben entwurzelt, und sie fragten sich, ob sie wohl jemals heiraten würden. Von Niccolo erzählte sie nichts. Er hörte ihr zu, sagte nichts, nickte gelegentlich verständnisvoll. Als sie schließlich innehielt, sagte er: »Und Sie haben Kinder, haben Sie gesagt?«

»Ja. Michael ist siebzehn. Carolyn sechzehn. Sie gehen beide in Winterset zur Schule. Sie sind in der Landjugend, deshalb sind sie auch auf der Landwirtschaftsausstellung drüben in Illinois. Um Carolyns Mastochsen zu präsentieren.
Etwas, an das ich mich nie habe gewöhnen können. Ich verstehe einfach nicht, wie man einem Tier so viel Liebe und Pflege zukommen lassen kann, nur um dann zuzusehen, wie man es an den Schlachthof verkauft. Ich getraue mich freilich nichts zu sagen. Richard und seine Freunde würden mir sofort ins Gesicht springen. Was aber nichts daran ändert, daß die kalte und gefühllose Seite dieses Geschäfts einen gewissen Widerspruch darstellt.«

Sie hatte ein schlechtes Gewissen, als sie Richard erwähnte. Sie hatte nichts getan, nicht das geringste. Und dennoch zwickte sie ihr Gewissen, verspürte sie eine aus vagen Möglichkeiten geborene Schuld. Und sie überlegte schon, wie sie den Rest des Abends überstehen sollte und ob sie sich da in etwas hineinmanövriert hatte, dem sie nicht gewachsen war. Vielleicht würde Robert Kincaid einfach gehen. Er schien einer von der stillen Sorte und nett, sogar ein bißchen schüchtern.

Als sie sich so unterhielten, wurde der Abend blau, dünner Nebel strich über das Gras. Er öffnete zwei weitere Biere, während Francescas

Eintopf still vor sich hin kochte. Sie stand auf und warf Klöße in kochendes Wasser, drehte sich um, lehnte sich gegen die Spüle, erwärmte sich für diesen Robert Kincaid aus Bellingham in Washington. Hoffte, er würde nicht zu früh gehen.

Still und manierlich aß er zwei Portionen von ihrem Eintopf und sagte ihr zweimal, wie gut er sei. Die Wassermelone war ein Gedicht. Das Bier war kalt. Der Abend blau. Francesca Johnson war fünfundvierzig Jahre alt, und Hank Snow sang ein Lied von Zügen auf Radio KMA, Shenandoah, Iowa.

Uralte Nächte, ferne Klänge

Was nun?
dachte Francesca. Das Abendessen
ist vorbei, jetzt sitzen wir da.
Er löste das Problem.
»Was halten Sie von einem Spaziergang
über die Wiese? Es kühlt etwas ab.«
Als sie ja sagte, griff er in einen Rucksack,
holte seine Kamera heraus
und hängte sie sich am Riemen
über die Schulter.

Kincaid öffnete die Tür zur hinteren Veranda und hielt sie ihr auf, folgte ihr dann hinaus und schloß sie sachte wieder. Sie ließen den rissigen Weg hinter sich, überquerten den kiesbestreuten Hof und gelangten auf das Gras östlich des Geräteschuppens. Der Schuppen roch nach warmer Wagenschmiere.

Als sie den Zaun erreichten, drückte sie mit einer Hand den Stacheldraht nieder und stieg darüber hinweg, spürte dann sofort um die dünnen Riemen der Sandalen herum den Tau. Er bediente sich derselben Technik und schwang dabei mühelos die Stiefel über den Draht.

»Würden Sie das hier als Wiese oder als Weide bezeichnen?« fragte er.

»Als Weide, denke ich. Das Vieh sorgt dafür, daß das Gras nicht zu lang wird. Passen Sie auf die Fladen auf.«

Ein fast schon voller Mond kam am östlichen Himmel hoch. Die Sonne war eben hinter den Horizont getaucht, und der Himmel war strahlend blau.

Auf der Straße unten schoß ein Wagen mit defektem Auspufftopf vorbei. Der Junge von den Clarks. Quarterback des Footballteams von Winterset. Er ging mit Judy Leverenson.

Es war schon lange her, daß sie so spazierengegangen war. Nach dem Abendessen, das es pünktlich um fünf gab, sah man sich im Fernsehen die Nachrichten an, dann das Abendprogramm, meist nur Richard, manchmal aber auch die Kinder, wenn sie mit den Hausaufgaben fertig waren. Francesca saß für gewöhnlich in der Küche und las – Bücher aus der Stadtbibliothek oder vom Buchclub, dem sie angehörte, Historisches, Gedichte, Romane –, oder sie saß, vorausgesetzt das Wetter war gut, auf der Veranda vor dem Haus. Fernsehen langweilte sie.

Wenn Richard rief: »Frannie, das mußt du sehen!«, dann ging sie hinein und setzte sich eine Weile neben ihn. Elvis war unweigerlich Auslöser eines solchen Ausrufs. Auch die Beatles, als sie das erste Mal in der *Ed Sullivan Show* auftraten. Richard sah sich ihre Haare an und schüttelte voll ungläubiger Mißbilligung den Kopf.

Für kurze Zeit zogen rote Streifen über einen Teil des Himmels. »Ich nenne das da oben ›Spiegellicht‹«, sagte Robert Kincaid und deutete nach oben. »Die meisten Leute packen ihre Kamera viel zu früh weg. Nach Sonnenuntergang gibt es oft noch ein paar Minuten wunderschönes Licht und herrliche Farben am Himmel – wenn die Sonne gerade hinterm Horizont ist, ihr Licht sich aber noch am Himmel spiegelt.«

Francesca sagte nichts, voller Staunen über einen Mann, dem der Unterschied zwischen einer Weide und einer Wiese wichtig schien, der sich für die Farben des Himmels begeistern konnte, der hin und wieder ein Gedicht, aber nie Geschichten schrieb. Der Gitarre spielte, seinen Lebensunterhalt mit Bildern verdiente und sein Handwerkszeug in Rucksäcken herumschleppte. Der wie der Wind schien. Und sich wie der Wind bewegte.

Er blickte nach oben, die Hände in den Taschen seiner Levis, die Kamera an der linken Hüfte. »Die Silberäpfel mir vom Mond / Die goldnen mir vom Sonnenrand.« Sein ausgewogener Bariton ließ die Wörter wie aus dem Mund eines Schauspielers klingen.

Sie sah zu ihm hinüber. »W. B. Yeats, ›Das Lied des wandernden Aengus‹.«

»Richtig. Großartig, dieser Yeats. Realistisch, sparsam, sinnlich, schön und voller Zauber. Spricht mein irisches Erbe an.«

Er hatte es in sechs Worten gesagt; alles, was es darüber zu sagen gab. Francesca hatte sich alle Mühe gegeben, ihren Schülern in Winterset Yeats zu erklären, war aber zu kaum einem von ihnen wirklich durchgedrungen. Sie hatte Yeats zum Teil aus denselben Gründen genommen, die Kincaid eben genannt hatte; sie hatte gedacht, daß gerade diese Qualitäten Teenager ansprechen müßten, die sich von ihren Drüsen bearbeitet sahen wie die Instrumente der High-School-Band zur Halbzeit eines Footballspiels. Aber die ablehnende Haltung gegenüber jeg-

licher Poesie, die sie von zu Hause mitbekommen hatten und die sie in Gedichten lediglich Produkte instabiler Männlichkeit sehen ließen, war selbst für einen Yeats nicht zu überwinden.
Sie mußte an Matthew Clark denken, der seinen Banknachbarn ansah und dabei mit den Händen eine Geste machte, als würde er sie auf die Brüste einer Frau legen, als sie von den »goldenen Äpfeln der Sonne« sprach. Sie hatten gekichert, und die Mädchen in der letzten Reihe neben ihnen waren rot angelaufen.
Sie würden diese Haltung ein Leben lang nicht ablegen. Das war es auch, was sie so entmutigt hatte, das zu wissen; sie war sich bloßgestellt und allein vorgekommen, daran hatte auch die von den Leuten nach außen an den Tag gelegte Freundlichkeit nichts ändern können. Poeten waren hier nicht gefragt. »Das hier ist ein gutes Land, um Kinder aufzuziehen«, sagten die Leute aus dem Madison County gern – um damit ihr eigenes kulturelles Minderwertigkeitsgefühl zu kompensieren. Und ihr lag dabei immer dieselbe Antwort auf der Zunge: »Aber ist es auch ein gutes Land, um Erwachsene aus ihnen zu machen?«
Ohne einen bewußten Plan waren sie langsam einige hundert Meter in die Weide gewandert, hatten einen Bogen geschlagen und befanden sich nun wieder auf dem Rückweg zum Haus.

Dunkelheit senkte sich über sie, als sie wieder über den Zaun stiegen, wobei er ihr diesmal den Draht nach unten hielt.

Der Brandy fiel ihr ein. »Ich habe etwas Brandy. Oder wäre Ihnen ein Kaffee lieber?«

»Kann man auch beides kriegen?« Seine Worte kamen aus der Dunkelheit. Sie wußte, daß er lächelte.

Als sie den Kreis erreichten, den das Hoflicht auf Kies und Gras zeichnete, antwortete sie: »Selbstverständlich.« Und hörte dabei einen beunruhigenden Klang in ihrer Stimme: das unbeschwerte Lachen aus den Cafés von Neapel.

Es war gar nicht so einfach, zwei Tassen zu finden, an denen nicht irgendwo etwas abgesprungen war. Auch wenn sie sich sicher war, daß angeschlagene Tassen zu seinem Leben gehörten, so wollte sie dieses eine Mal doch zwei unversehrte haben. Die Weinbrandschwenker, zwei Stück, standen kopfüber ganz hinten im Schrank, und so wie der Brandy ungeöffnet geblieben war, hatte auch die Gläser noch keiner benutzt. Sie mußte sich auf die Zehenspitzen stellen und ordentlich strecken, um sie zu erreichen, und war sich dabei ihrer nassen Sandalen ebenso bewußt wie der über ihrem Po spannenden Jeans.

Er setzte sich auf denselben Stuhl wie schon vorhin und sah ihr zu. Die Gefühle längst vergangener Zeiten. Sie überkamen ihn wieder. Er fragte sich, wie sich ihr Haar wohl anfassen, wie die Wölbung ihres Kreuzes in seine Hand passen, wie es sich wohl anfühlen mochte, sie unter sich zu haben.

Der Instinkt rang mit dem Erlernten, rang mit der Schicklichkeit, die die Kultur dem Menschen jahrhundertelang eingebleut hat, den unerbittlichen Regeln des zivilisierten Menschen. Er versuchte an etwas anderes zu denken, an die Fotografie, die Straße, an überdachte Brücken. An irgend etwas, nur nicht daran, wie sie im Augenblick aussah.

Aber es wollte ihm nicht gelingen, und er überlegte aufs neue, wie es wohl sein mochte, ihre Haut zu berühren, seinen Bauch an den ihren zu legen. Ewige Fragen, die sich nie änderten. Diese gottverdammte Stimme des Instinkts, die mit aller Gewalt an die Oberfläche zu kommen versuchte. Er drosch auf sie ein, schob sie hinunter, steckte sich eine Camel an und atmete tief durch.

Sie spürte seinen Blick auf sich, unablässig, obwohl er vorsichtig zu Werke ging dabei, unauffällig, nicht einen Augenblick aufdringlich.

Ihr war klar, daß er wußte, daß diese Gläser noch nie einen Tropfen Brandy gesehen hatten. Und sie spürte auch, daß ihn eine derartige Leere keineswegs kaltließ. Ohne Mitleid. Mitleid war seine Sache nicht. Traurigkeit vielleicht. Sie konnte fast hören, wie sein Verstand die Worte formte:

Die Flasche verschlossen,
die Gläser leer,
sie streckte sich, um sie zu finden,
irgendwo nördlich des Middle River
in Iowa.

Ich beobachtete sie mit Augen,
die den Amazonas eines Jivaro gesehen haben,
die Seidenstraße
mit dem Staub der Karawanen,
der hinter mir aufstieg
und in die ungenutzten Weiten
des asiatischen Himmels griff.

Als Francesca die Steuermarke vom Verschluß der Flasche riß, warf sie einen Blick auf ihre Fingernägel und wünschte, sie wären länger und besser gepflegt. Der Farmalltag ließ keine langen Fingernägel zu. Bis jetzt hatte das nie eine Rolle gespielt. Brandy, zwei Gläser, sie stellte alles auf den Tisch. Während sie sich um den Kaffee kümmerte, öffnete er die Flasche und goß genau die richtige Menge in jedes Glas. Ein Schluck Brandy nach dem Abendessen war Robert Kincaid offensichtlich nichts Neues.

Sie überlegte, in wie vielen Küchen, wie vielen guten Restaurants, wie vielen Wohnzimmern mit gedämpftem Licht er diese kleine Aufgabe schon übernommen hatte. Wie viele Sätze langer Fingernägel mochte er, um die kurzen Stiele von Weinbrandschwenkern gelegt, schon gesehen haben, wie viele Augenpaare, runde blaue oder mandelförmige braune, mochten ihn wohl durch die Nächte fremder Länder hindurch angesehen haben, während vor den Küsten ankernde Segelschiffe schaukelten und das Wasser gegen die Kais klatschte?
Das Deckenlicht der Küche war zu hell für Kaffee und Brandy. Francesca Johnson, Richard Johnsons Frau, hätte es angelassen. Francesca Johnson, einer Frau, die nach dem Abendessen, Mädchenträume durchblätternd, durchs Gras spazierte, war danach, es auszuschalten. Die Situation verlangte nach einer Kerze, aber das wäre nun doch wieder zuviel gewesen. Er könnte womöglich einen falschen Eindruck bekommen. Sie machte also das kleine Licht über der Spüle an und das große aus. Es war noch immer nicht vollkommen, aber besser war es allemal.
Er hob das Glas in Schulterhöhe und bewegte es auf sie zu. »Auf uralte Nächte und ferne Klänge.« Aus irgendeinem Grund ließen seine Worte sie kurz nach Luft schnappen. Aber sie berührte mit ihrem Glas das seine, und obwohl

sie zu gern gesagt hätte: »Auf uralte Nächte und ferne Klänge«, brachte sie doch nur ein kleines Lächeln hervor.

Sie rauchten beide, sprachen kein Wort, tranken Brandy, tranken Kaffee. Ein Fasan schrie über die Felder. Jack, der Collie, bellte zweimal draußen im Hof. Moskitos versuchten sich am Fliegengitter des Fensters in der Nähe des Tisches, und eine einzelne Motte, umständlich im Denken, aber dafür mit um so untrüglicherem Instinkt, sah sich von den Möglichkeiten der Lampe über der Spüle verführt.

Es war nach wie vor heiß, nicht der Hauch eines Lüftchens war zu spüren, wenn auch die Luft jetzt feuchter war. Robert Kincaid, die zwei obersten Knöpfe seines Hemds geöffnet, schwitzte leicht. Er sah sie nicht direkt an, obwohl sie spürte, daß er sie, auch wenn es ganz den Anschein hatte, als starre er aus dem Fenster, aus den Augenwinkeln betrachten konnte. Er saß leicht abgewandt, so daß sie wegen der offenen Knöpfe an seinem Hemd seine Brust und die kleinen feuchten Perlen auf seiner Haut sehen konnte.

Francesca verspürte gute Gefühle, alte Gefühle, Gefühle aus Poesie und Musik. Dennoch, so dachte sie, wird es jetzt Zeit, daß er geht. Neun Uhr zweiundfünfzig war es auf der Uhr über dem Kühlschrank. Im Radio Faron Young. Mit einer Melodie, die schon einige Jahre auf dem Buckel hatte: »The Shrine of St. Cecilia«. Eine römische Märtyrerin aus dem dritten Jahrhundert nach Christus, wie Francesca sich erinnerte. Schutzheilige der Musik und der Blinden.

Sein Glas war leer. Gerade als er sich vom Fenster ab- und ihr zuwandte, nahm Francesca die Flasche am Hals und machte damit eine Geste in Richtung des leeren Glases. Er schüttelte den Kopf. »Roseman Bridge bei Tagesanbruch. Ich mache mich besser mal auf den Weg.«

Sie war erleichtert. Sank aber auch enttäuscht zusammen. Sie wand sich in ihrer Haut. Ja, bitte, gehen Sie. Trinken Sie noch etwas. Bleiben Sie. Gehen Sie. Faron Young waren ihre Gefühle egal. Wie der Motte über der Spüle. Sie wußte nicht so recht, was Robert Kincaid wohl dachte.

Er stand auf, schwang einen der Rucksäcke über die Schulter, legte den anderen auf die Kühlbox. Sie kam um den Tisch herum. Seine Hand bewegte sich ihr entgegen; sie schüttelte sie. »Danke für den Abend, das Abendessen und den Spaziergang. Es war wirklich schön. Sie sind ein guter Mensch, Francesca. Lassen Sie den Brandy lieber mal ganz vorn im Schrank; vielleicht ergibt sich ja irgendwann noch mal was.«

Er hatte es gewußt, genau wie sie gedacht hatte. Aber sie fühlte sich nicht beleidigt durch seine

Worte. Er sprach von Romantik, und er meinte es gut mit ihr. Sie hörte das an der Sanftheit seiner Stimme, an der Art, wie ihm die Worte über die Lippen kamen. Was sie nicht wußte, war, daß er am liebsten gegen die Küchenwände geschrien hätte, so laut, daß die Worte ein Relief im Putz bildeten: »Um Himmels willen, Richard Johnson, bist du tatsächlich ein solcher Trottel, wie ich annehmen muß?«
Sie folgte ihm hinaus zu seinem kleinen Laster und stand daneben, während er seine Ausrüstung verstaute. Der Collie kam über den Hof, schnüffelte um den Wagen herum. »Jack, hierher«, flüsterte sie scharf, und der Hund kam neben sie und setzte sich hechelnd hin.
»Wiedersehen. Und alles Gute«, sagte er, einen Augenblick an der Tür verweilend, um ihr einen Moment lang direkt in die Augen zu sehen. Dann, mit einer einzigen Bewegung, saß er auch schon am Steuer und schlug die Tür hinter sich zu. Die Zündung bewegte den alten Motor, er trat aufs Gas, und der Wagen sprang klappernd an. Er beugte sich aus dem Fenster und meinte grinsend: »Könnte wohl mal etwas Nachstellen vertragen.«
Er ließ die Kupplung kommen, setzte zurück, schaltete wieder und überquerte unter dem Licht der Lampe den Hof. Gerade als er das im Dunkel liegende Sträßchen erreichte, kam seine

Linke aus dem Fenster und winkte zurück. Auch sie winkte, obwohl sie wußte, daß er es nicht sehen konnte.

Als der Laster die Zufahrt hinunterrollte, lief sie hinüber und stellte sich in die Dunkelheit, um zu sehen, wie seine roten Lichter sich mit den Unebenheiten des Weges hoben und senkten. Robert Kincaid bog nach links, Richtung Winterset, auf die Hauptstraße ein, während der Sommerhimmel von einem Wetterleuchten zerschnitten wurde und Jack sich schläfrig zurück auf die hintere Veranda schleppte.

Nachdem er weg war, stellte Francesca sich vor den Spiegel auf ihrer Kommode – nackt. Ihre Hüften waren durch die Kinder gar nicht mal so sehr in die Breite gegangen, ihre Brüste noch immer hübsch und fest, nicht zu groß, nicht zu klein, der Bauch ein klein wenig gerundet. Ihre Beine waren im Spiegel nicht zu sehen, aber sie wußte, daß sie sich noch immer sehen lassen konnten. Sie sollte sich öfter rasieren, aber sie sah hier einfach keinen großen Sinn darin.

Richard war nur gelegentlich an Sex interessiert, alle paar Monate mal, und dann war es immer rasch vorbei; das Nötigste nur und nicht gerade überwältigend; und an Parfüms und glatter Haut und dergleichen schien ihm nicht viel gelegen. Da konnte es schon passieren, daß man sich ein klein bißchen vernachlässigte.

In erster Linie war sie für ihn eine Geschäftspartnerin. Und ein Teil von ihr wußte das durchaus zu schätzen. Aber in ihr drin, da rührte sich noch eine andere, eine, die Bäder nehmen und sich in Düfte hüllen wollte ... eine, die genommen und mitgerissen, befreit werden wollte von einer Macht, die vage, nie so recht greifbar, durch ihre Gedankenwelt geisterte.

Sie zog sich wieder an, setzte sich an den Küchentisch und schrieb auf ein schlichtes, halbiertes Blatt Papier. Jack folgte ihr hinaus zu ihrem Ford-Pickup und sprang hinein, als sie die Tür aufmachte. Er kletterte auf den Beifahrersitz und steckte den Kopf zum Fenster hinaus, während sie den Pickup aus dem Schuppen rangierte, sah dann zu ihr herüber, dann wieder zum Fenster hinaus, als sie das Sträßchen hinunterfuhr und nach rechts auf die Landstraße bog.

Die Roseman Bridge lag völlig im Dunkeln. Aber Jack sprang schon mal voraus, um zu sehen, ob die Luft rein war, während sie mit der Taschenlampe aus dem Laster hinterherkam. Mit einer Reißzwecke spießte sie ihren Zettel linker Hand des Eingangs an die Brücke und fuhr wieder heim.

Die Brücken vom Dienstag

Eine
Stunde vor Morgendämmerung
fuhr Robert Kincaid an Richard Johnsons
Briefkasten vorbei. Abwechselnd
kaute er ein Milky Way und einen Apfel,
seine Kaffeetasse, damit sie nicht
umfiel, fest zwischen die Schenkel
geklemmt. Im Vorüberfahren warf er
einen Blick auf das im letzten Rest
des dünnen Mondlichts stehende weiße Haus

und schüttelte den Kopf ob der Dummheit der Männer, einiger Männer, ach was, der meisten. Den Brandy könnten sie ja wenigstens trinken und aufhören, mit der Fliegentür zu knallen, wenn sie aus dem Haus gingen.

Francesca hörte den Laster mit der verstellten Zündung vorbeifahren. Sie lag im Bett. Sie hatte, soweit sie zurückdenken konnte, zum erstenmal völlig nackt geschlafen. Sie konnte sich ihn vorstellen, Kincaid, die Haare im Wind, der durch das Fenster des Lasters wirbelte, die eine Hand auf dem Lenkrad, in der anderen eine Camel.

Sie lauschte ihm nach, als das Singen seiner Reifen in Richtung Roseman Bridge verklang. Und sie begann Worte aus Yeats' Gedicht vorüberziehen zu lassen: »Ich ging hinaus zum Haselwald, weil mir im Kopf ein Feuer ging.« Der Ton ihrer Rezitation lag zwischen dem eines Lehrers und dem eines Bittstellers.

Er parkte den Pickup ein gutes Stück von der Brücke entfernt, damit er ihm bei der Bildgestaltung nicht im Weg stand. Aus dem kleinen Stauraum hinter dem Sitz nahm er ein Paar kniehohe Gummistiefel, setzte sich auf das Trittbrett, um die Senkel seiner Lederstiefel zu lösen und die anderen anzuziehen. Den einen Rucksack mit beiden Trägern über den Schultern, ein Stativ an seinem Lederriemen über die linke, den ande-

ren Rucksack in der rechten Hand, arbeitete er sich die steile Böschung hinunter an den Bach.
Es galt, die Brücke in einem bestimmten Winkel zu erwischen, um dem Bildaufbau Spannung zu geben, mit der Brücke auch ein Stückchen Bach auf das Bild zu bekommen und die Schmierereien auf den Wänden neben dem Eingang zu vermeiden. Auch die Telefonleitungen im Hintergrund waren ein Problem, das aber später durch die Wahl des exakten Bildausschnitts zu lösen wäre.
Er holte die mit Kodachrome geladene Nikon heraus und schraubte sie auf das schwere Stativ. Er hatte noch das 24-Millimeter-Objektiv an der Kamera und ersetzte es durch seine Lieblingslinse, das 105er. Im Osten zeigte sich jetzt das erste Grau, während er mit dem Bildaufbau zu experimentieren begann. Das Stativ einen halben Meter nach links, die Beine angepaßt, die nun neben dem Bach im schlammigen Boden staken. Er hielt den Tragriemen der Kamera ums linke Handgelenk gewickelt, etwas, was er sich bei der Arbeit am Wasser zur Regel gemacht hatte. Er hatte schon zu viele Kameras im Wasser landen sehen, wenn ein Stativ wegkippte.
Rot kam jetzt herauf, der Himmel erhellte sich. Die Kamera fünfzehn Zentimeter tiefer, noch einmal die Beine des Stativs angepaßt. Auch das war es noch nicht. Noch einen Fußbreit nach

links. Noch einmal die Beine anpassen. Die Kamera auf dem Stativkopf in die Waagerechte bringen. Blendenring auf f/8. Die Schärfentiefe erst über den Daumen gepeilt, dann mit Hilfe einer kleinen Korrektur an der Schärfentiefeskala maximiert. Den Drahtauslöser in das Gewinde am Auslöseknopf geschraubt. Mit der Sonne zu vierzig Prozent über dem Horizont, verwandelte sich der alte Anstrich der Brücke langsam in ein warmes Rot – genau wie er es gewollt hatte.

Den Belichtungsmesser aus der linken Brusttasche geholt. Mal sehen, was das bei Blende 8 gibt. Eine Belichtungszeit von einer Sekunde; aber der Kodachrome würde das spielend schaffen. Ein Blick durch den Sucher. Die Kamera noch einmal etwas zurechtgerückt – Millimeterarbeit. Er drückte den Knopf des Fernauslösers und wartete, daß die Sekunde verstrich.

In dem Augenblick, in dem er den Verschluß öffnete, fiel ihm etwas ins Auge. Er warf einen weiteren Blick durch den Sucher. »Was zum Teufel hängt da am Eingang der Brücke?« murmelte er. »Ein Zettel. Der war doch gestern nicht da.«

Das Stativ stand fest. Er rannte die Böschung hinauf, die Sonne im Nacken. Der Zettel war sauber an die Brücke gespießt. Abreißen, die Reißzwecke in die Westentasche. Fix wieder an

die Böschung, hinunter, hinter die Kamera. Die Sonne war zu sechzig Prozent draußen.
Schwer atmend von seinem Sprint, schoß er eine weitere Aufnahme. Dann noch zwei für Duplikate. Kein Wind, kein Gräschen rührte sich. Schieß lieber sicherheitshalber noch drei mit zwei Sekunden und drei bei einer halben.
Die Blende bei f/16 einrasten. Die ganze Prozedur wiederholen. Stativ mitsamt Kamera in die Mitte des Baches tragen. Aufbauen. Der Schlamm, den seine Füße im Wasser aufwirbelten, trieb hinter ihm davon. Die ganze Sequenz noch mal. Eine neue Rolle Kodachrome. Das Objektiv wechseln. Er setzte das 24er-Weitwinkel auf, rammte das 105er in eine Tasche. Ging, bachaufwärts watend, näher an die Brücke heran. Stativ anpassen, Kamera in die Waagerechte bringen, das Licht gecheckt, dreimal abgedrückt, die üblichen Aufnahmen um die erste Einstellung herum, nur um sicherzugehen.
Die Kamera hochkant gestellt, neu komponieren. Abdrücken. Die gleiche Sequenz, alles mit Methode. Keine seiner Bewegungen zeigte Ungeschick oder Unsicherheit. Alles war lange geübt, alles hatte seinen Grund, sämtliche Eventualitäten wurden einkalkuliert, alles ging effizient und professionell.
Dann also im Wettlauf mit der Sonne und mit der gesamten Ausrüstung unter der Brücke hin-

durch. Jetzt wurde es knifflig. Fix nach der zweiten Kamera gegriffen, der mit dem weniger empfindlichen Film, beide Kameras um den Hals gehängt und rauf auf den Baum hinter der Brücke. Er schürfte sich den Arm auf – »Verdammt!« – höher. Hoch oben jetzt, sah er nun auf die Brücke hinab, und das in einem Winkel, bei dem sich im Bach das Sonnenlicht fing.

Mit dem Spotmeter das Dach der Brücke isolieren, in einem zweiten Meßvorgang die Schattenseite der Brücke. Dann das Wasser. Die Kamera auf einen Kompromiß gestellt. Neun Aufnahmen, sechs davon mit Einstellungen darunter und darüber. Die Kamera lag auf der Weste auf, die er in eine Astgabel gekeilt hatte. Er wechselte die Kameras. Nahm die mit dem unempfindlicheren Film. Und schoß mit ihr ein Dutzend weiterer Aufnahmen.

Den Baum hinunter. Die Böschung hinunter. Das Stativ aufgestellt, Kodachrome nachgeladen, kamen einige Aufnahmen, die im Aufbau der ersten Serie vom gegenüberliegenden Ufer des Baches ähnelten. Er holte die dritte Kamera aus der Tasche. Die alte Sucherkamera mit dem Sportsucher. Er arbeitete jetzt in Schwarzweiß. Das Licht an der Brücke änderte sich von Sekunde zu Sekunde.

Nach zwanzig angespannten Minuten, wie nur Soldaten, Chirurgen und Fotografen sie kennen, schwang Robert Kincaid seine Rucksäcke in den Pickup und fuhr die Straße zurück, die er gekommen war. Es waren von hier fünfzehn Minuten zur Hogback Bridge im Nordwesten der Stadt, und wenn er sich beeilte, konnte er dort womöglich auch noch ein paar Aufnahmen in den Kasten bringen.

Eine Staubwolke hinter sich herziehend, eine Camel im Mundwinkel, holperte er mit seinem Laster an dem weißen Holzhaus vorbei, dessen Fassade nach Norden zeigte, vorbei an Richard Johnsons Briefkasten. Keine Spur von ihr. Was hast du erwartet? Sie ist verheiratet, es geht ihr gut. Es geht dir gut. Wer kann diese Art Komplikationen schon brauchen? Es war ein netter Abend, ein nettes Abendessen, eine nette Frau. Laß es dabei. Gott, wenn sie nur nicht so toll wäre; und sie hat so was an sich. Ich weiß auch nicht was. Es fällt mir schwer, sie nicht ständig anzustarren.

Francesca war in der Scheune bei der Arbeit, als er an ihrem Haus vorbeigeschossen kam. Der Lärm der Stalltiere verhüllte jedes Geräusch von der Straße her. Und Robert Kincaid war unterwegs zur Hogback Bridge – im Wettlauf mit den Jahren, auf der Jagd nach dem Licht.

Auch an der zweiten Brücke lief alles einwandfrei. Sie lag in einem Tal, so daß, als er ankam, rund um sie noch immer die Nebel aus den Wiesen stiegen. Mit dem 300er bekam er eine große Sonne im linken oberen Rand seiner Aufnahmen, während auf dem übrigen Bild die gewundene weiße Schotterstraße zur Brücke hin und die Brücke selbst zu sehen waren.

Dann kam ihm ein Bauer mit einem Pferdefuhrwerk in den Sucher, ein Gespann hellbrauner Belgier, die einen Wagen über die weiße Straße zogen. Einer der letzten der alten Garde, dachte Kincaid und grinste dabei. Er wußte immer sofort, wenn ihm etwas Gutes vor die Linse kam, und konnte schon während der Arbeit erkennen, wie später der endgültige Abzug aussehen würde. Bei den hochkant stehenden Aufnahmen nahm er gleich etwas hellen Himmel mit, um Platz für einen Titel zu schaffen.

Als er um fünf nach halb neun sein Stativ zusammenschob, fühlte er sich ausgezeichnet. Einige dieser morgendlichen Aufnahmen würden bestehen. Idyllische, konservative Geschichten, sicher, aber schön und solide gemacht. Das mit dem Farmer und seinen Pferden könnte sogar ein Titelbild abgeben; deshalb hatte er auch so viel Platz über dem Motiv gelassen, Platz für einen Schriftzug, Platz für den Titel einer Zeitschrift. Die Redakteure dankten einem diese Art von aufmerksamer Professionalität. Das war auch der Grund dafür, warum Robert Kincaid immer wieder Aufträge bekam.

Er hatte, ganz oder teilweise, sieben Filme verschossen; er leerte alle drei Kameras und griff in die linke untere Tasche seiner Fotografenweste, um auch die anderen vier Filme zu verstauen. »Verdammt!« Er war mit dem Zeigefinger an die Reißzwecke geraten. Er hatte ganz vergessen, daß er sie in die Tasche gesteckt hatte, als er den Zettel von der Roseman Bridge genommen hatte. Er hatte sogar den Zettel vergessen. Er fischte ihn aus der Tasche, faltete ihn auseinander und las: »Falls Ihnen nach einem weiteren Abendessen ist, ›wenn weiße Nachtfalter wach werden‹, dann kommen Sie doch heute abend nach der Arbeit vorbei. Kommen Sie, wann Sie wollen.«

Er konnte ein kleines Lächeln nicht verkneifen, als er sich Francesca Johnson vorstellte, wie sie, mit ihrem Zettel und der Reißzwecke, durch Nacht und Nebel zur Brücke fuhr. Innerhalb von fünf Minuten war er wieder in der Stadt. Während der Mann bei Texaco den Tank auffüllte und das Öl durchsah (»Könnte 'n Liter vertragen!«), benutzte er das Münztelefon in der Tankstelle. Das schmächtige Telefonbuch war ganz schmierig vom vielen Blättern der Tankwarte. Es gab zwei »R. Johnson«, aber der eine hatte eine Adresse in der Stadt.

Er wählte die Nummer vom Land und wartete. Francesca, auf der hinteren Veranda, war eben dabei, den Hund zu füttern, als in der Küche das Telefon klingelte. Sie erwischte es bereits, als es zum zweiten Klingeln ansetzte: »Johnson.«

»Hallo, hier ist Robert Kincaid.«

Wieder durchfuhr es sie, wie gestern schon. Ein kleines Stechen, das in ihrer Brust begann und dann in den Magen hinuntertauchte.

»Ich habe Ihre Nachricht erhalten. Mitsamt W. B. Yeats als Überbringer. Ich nehme Ihre Einladung an, aber es wird womöglich spät. Das Wetter ist ziemlich gut, und da habe ich vor, die – lassen Sie mal sehen, wie heißt sie gleich wieder? – die Cedar Bridge zu fotografieren ... heute abend. Könnte neun werden und später, bis ich fertig bin. Und dann würde ich mich gern ein bißchen frisch machen. Das heißt, es könnte sein, daß ich nicht vor halb zehn, zehn rauskommen kann? Ist Ihnen das recht?«

Nein, es war ihr nicht recht. Sie hatte nicht die geringste Lust, so lange zu warten, aber sie sagte nur: »Oh, sicher. Machen Sie nur Ihre Arbeit, das ist wichtiger. Mach ich eben etwas, was leicht aufzuwärmen ist, wenn Sie kommen.«

Dann fügte er hinzu: »Falls Sie mich zum Fotografieren begleiten wollen, kommen Sie ruhig mit. Sie stören mich nicht. Ich könnte so gegen halb sechs vorbeikommen und Sie abholen.«

Francescas Verstand stürzte sich auf das Problem. Sie wollte mitgehen. Aber was, wenn sie

jemand mit ihm sah? Was sollte sie Richard sagen, wenn er dahinterkam?
Die Cedar Bridge stand fünfzig Meter den Bach hinauf und genau parallel zur neuen Straße mit ihrer Betonbrücke. Sie würde nicht allzusehr auffallen. Oder? In weniger als zwei Sekunden hatte sie sich entschieden. »Ja, ich würde gern mitkommen. Aber ich nehme meinen eigenen Wagen und treffe Sie dann dort. Um wieviel Uhr?«
»So um sechs. Bis dann. Okay? Tschüs.«
Er verbrachte den Rest des Tages in der Redaktion der Lokalzeitung und blätterte alte Ausgaben durch. Es war eine schöne Stadt mit einem hübschen Platz vor dem Amtsgericht, wo er sich zur Mittagszeit mit einer kleinen Tüte Obst, etwas Brot und einer Cola aus dem Café von der anderen Straßenseite auf eine Bank im Schatten setzte.
Als er in das Café gekommen war und um eine Cola zum Mitnehmen gebeten hatte, war es kurz nach zwölf gewesen. Wie in einem alten Wildwestsaloon beim Eintreten des Bezirksrevolverhelden waren für einen Augenblick sämtliche Gespräche verstummt, während man ihn mit Blicken maß. Er konnte das auf den Tod nicht haben, er fühlte sich befangen, aber so war das nun mal in Kleinstädten. Ein Neuer! Der anders ist als sie! Wer ist das? Was macht er hier?

»Also ich hab gehört, er ist so ’n Fotograf. Jedenfalls hat ihn heut morgen einer draußen an der Hogback Bridge gesehen, mit allen möglichen Fotoapparaten.«

»Dem Nummernschild auf seinem Laster nach ist er aus Washington drüben im Westen.«

»Er ist den ganzen Vormittag über drüben bei der Zeitung gewesen. Jim meint, daß er sämtliche alte Zeitungen nach was über die überdachten Brücken hier durchgeht.«

»Ja, der junge Fischer von der Texaco, der hat gesagt, er wär gestern bei ihm vorbeigekommen und hätt nach dem Weg zu sämtlichen überdachten Brücken gefragt.«

»Wozu will er denn überhaupt was wissen über die?«

»Und warum um alles in der Welt sollte einer ’n Foto von denen wollen? Die fallen doch eh schon alle aus’nander, bei dem Zustand, in dem die sind.«

»Jedenfalls könnt er mal ’n Haarschnitt vertragen. Schaut ja ganz so aus wie einer von diesen Beatles oder wie haben sie die andren gleich wieder genannt? Hippies, war’s das nicht gewesen, Hippies?« Was in der hintersten Nische und am Tisch gleich daneben für Gelächter sorgte.

Kincaid bekam seine Cola und verließ das Café, und alle Augen folgten ihm zur Tür hinaus. Vielleicht war es ein Fehler gewesen, Francesca einzuladen, ihretwegen, nicht etwa seinetwegen. Wenn jemand sie an der Cedar Bridge sah, dann würde das gleich morgen beim Frühstück hier im Café unter die Leute getragen, nachdem es vom jungen Fischer an der Texaco-Tankstelle, dem der Betreffende den Ball zugespielt hatte, weitergegeben worden war. Wahrscheinlich sogar noch rascher.

Er hatte gelernt, die blitzartige Geschwindigkeit, mit der Trivialitäten durch Kleinstädte fegten, nicht zu unterschätzen. Da konnten im Sudan zwei Millionen Kinder verhungern, hier würde kein Hahn danach krähen. Aber daß man Richard Johnson seine Frau mit einem langhaarigen Fremden gesehen hatte – das war eine Nachricht! Eine, die zu verbreiten sich lohnte, eine, über die man sich das Maul zerreißen konnte, eine Nachricht, bei der diejenigen, die sie hörten, eine vage lustvolle Regung, wahrscheinlich die einzige des ganzen Jahres, verspürten.

Er aß zu Ende und ging hinüber zum öffentlichen Telefon auf dem Parkplatz des Amtsgerichts. Wählte ihre Nummer. Sie antwortete, etwas außer Atem, beim dritten Klingeln. »Hallo, hier ist noch mal Robert Kincaid.«

Sofort verspürte sie ein Ziehen im Magen, weil sie dachte: Er kann nicht kommen, deshalb ruft er an.

»Lassen Sie's mich gradeheraus sagen. Falls es für Sie ein Problem ist, heute abend mit mir da rauszufahren – ich meine, bei der typischen Neugier von Kleinstädtern –, fühlen Sie sich nicht von mir gedrängt. Offen gesagt, mir ist es völlig schnuppe, was die hier von mir denken, und ich komme später ja sowieso vorbei. Ich meine, ich will damit sagen, daß es vielleicht ein Fehler war, Sie einzuladen; also fühlen Sie sich in keiner Weise dazu genötigt. Obwohl ich Sie natürlich liebend gern dabeihabe.«

Genau das, worüber sie selbst schon nachgedacht hatte, seit ihrer Unterhaltung vom Vormittag. Aber ihr Entschluß stand fest. »Nein, ich würde Sie gern bei der Arbeit sehen. Ich kümmere mich nicht um Klatsch.« Sie machte sich durchaus Sorgen, aber irgend etwas hatte von ihr Besitz ergriffen, etwas, das mit Risiko zu tun hatte. Sie würde zur Cedar Bridge hinausfahren, koste es, was es wolle.

»Großartig. Ich dachte nur, ich frag mal nach. Bis dann also.«

»Okay.« Ein feinfühliger Mensch. Aber das hatte sie ja bereits gewußt.

Um vier schaute er in seinem Motel vorbei und erledigte im Waschbecken etwas Wäsche, zog ein sauberes Hemd an und warf ein zweites in den Laster, dazu eine Khakihose und die braunen Sandalen, die er 1962, bei der Story über die

Babyschleuse hinauf nach Darjeeling, aus Indien mitgebracht hatte. In einer Kneipe kaufte er zwei Sechserpacks Budweiser. Acht Flaschen, mehr wollten nicht hineinpassen, schichtete er um seine Filme herum in die Kühlbox.
Heiß, wieder einmal so richtig heiß. Die Spätnachmittagssonne Iowas hockte sich breit auf den tagsüber angerichteten Schaden, den Zement, Ziegelsteine und Erde absorbiert hatten. Sie brannte auch von Westen her noch ziemlich scharf herunter.
In der Kneipe war es dunkel gewesen und leidlich kühl, die Tür nach vorn hinaus offen, die großen Deckenventilatoren und ein weiterer auf einem Fuß gleich neben der Tür mußten so um die hundertfünf Dezibel gehabt haben. Irgendwie jedoch sorgten der Lärm der Ventilatoren, der Geruch von schalem Bier und Rauch, das Plärren der Musikbox und die fast schon feindseligen Gesichter, die ihn die ganze Bar entlang anstarrten, dafür, daß es heißer schien, als es in Wirklichkeit war.
Francesca Johnson jedoch machte keineswegs einen überhitzten Eindruck. Sie stand gegen den Kotflügel ihres Ford-Pickup gelehnt, den sie hinter einigen Bäumen in der Nähe der Brücke geparkt hatte. Sie trug wieder die Jeans, die ihr so gut stand, Sandalen und ein weißes Baumwoll-T-Shirt, das ihren Körper besonders schön

zur Geltung brachte. Er winkte, als er neben ihrem Laster hielt.

»Hallo. Schön, Sie zu sehen. Ganz schön heiß«, sagte er. Harmloses Geplauder, Worte, mit denen es sich um den heißen Brei herumreden ließ. Wieder das alte Unbehagen, schon die Gegenwart einer Frau, die ihn nicht kaltließ, genügte da. Außerhalb einer ernsthaften Unterhaltung wußte er nie so recht, was er sagen sollte. Trotz eines ausgeprägten, wenn auch vielleicht leicht abseitigen Sinns für Humor, neigte er im Grunde zur Ernsthaftigkeit und nahm die Welt um sich herum keineswegs auf die leichte Schulter. Seine Mutter hatte immer gesagt, er sei mit vier Jahren bereits erwachsen gewesen. Bei seiner Arbeit kam ihm das durchaus zustatten. In Gegenwart von Frauen wie Francesca Johnson kam es ihm seiner Ansicht nach allerdings keineswegs zustatten.

»Ich wollte Ihnen zusehen, wie Sie Ihre Bilder machen – beim ›Schießen‹, wie Sie gesagt haben.«

»Tja, das werden Sie gleich, und Sie werden's ziemlich langweilig finden. Jedenfalls geht das anderen für gewöhnlich so. Es ist nicht so, als würde man jemandem zuhören, der auf dem Klavier übt, wo man dran teilhaben kann. Beim Fotografieren steht zwischen Produktion und Darbietung eine lange Zeitspanne. Heute produziere ich. Wenn die Bilder dann irgendwo erscheinen, das ist dann die Darbietung. Alles, was Sie zu sehen kriegen, ist eine Menge Gefummel. Sie sind natürlich trotzdem mehr als willkommen dabei. Um ehrlich zu sein, ich bin froh, daß Sie da sind.«

Sie klammerte sich an diesen letzten Satz. Er hätte das nicht zu sagen brauchen. Er hätte damit aufhören können, daß sie ihm willkommen sei, aber er hatte es nicht getan. Er war aufrichtig froh, sie zu sehen; das war klar. Sie hoffte, die Tatsache, daß sie hier war, ließ durchblicken, daß es ihr nicht anders ging.

»Kann ich Ihnen irgendwie helfen?« fragte sie, als er sich die Gummistiefel überzog.

»Sie können den blauen Rucksack tragen. Ich nehme den braunen und das Stativ.«

So wurde Francesca denn zur Fotoassistentin. Er hatte unrecht gehabt. Es gab viel zu sehen. In gewissem Sinn kam sie durchaus zu ihrer Darbietung, wenn er sich dessen auch nicht bewußt war. Es war dasselbe, was ihr gestern schon aufgefallen war und für sie einen Teil seiner Anziehungskraft ausmachte. Seine Anmut, seine flinken Augen, das Spiel der Muskeln an seinen Unterarmen. Vor allem aber, wie er sich bewegte. Im Vergleich mit ihm erschienen ihr die Männer, die sie kannte, schwerfällig.

Nicht daß er gehudelt hätte. Im Grunde war eher

das Gegenteil der Fall. Er hatte etwas von einer Gazelle, obwohl sie ihm ansah, daß er auf seine geschmeidige Art sehr kräftig war. Vielleicht war es eher etwas von einem Leoparden als von einer Gazelle. Ja. Ein Leopard. Das traf es. Er war keine Beute. Ganz im Gegenteil. Sie spürte es.

»Francesca, geben Sie mir doch bitte die Kamera mit dem blauen Riemen.«

Sie öffnete den Rucksack, etwas übervorsichtig wegen der teuren Ausrüstung, die er so lässig handhabte, und nahm die Kamera heraus. »Nikon« stand auf dem verchromten Sucher, und oben links vom Namen »F«.

Er kniete nordöstlich der Brücke, das Stativ kaum ausgefahren. Er streckte ihr die Linke entgegen, ohne das Auge vom Sucher zu nehmen, und sie gab ihm die Kamera, sah zu, wie sich die Hand um das Objektiv schloß, als er die Berührung spürte. Er drückte den Knopf am Ende der Schnur, die sie gestern schon aus seiner Weste hatte hängen sehen. Der Verschluß klickte. Er spannte ihn erneut und ließ ihn noch einmal klicken. Er griff unter den Stativkopf, schraubte die daraufsitzende Kamera ab und ersetzte sie durch diejenige, die sie ihm gegeben hatte. Während er die neue befestigte, wandte er ihr den Kopf zu und grinste. »Danke, Sie sind eine erstklassige Assistentin.« Sie errötete leicht.

Herr im Himmel, was hatte er nur an sich! Er

war wie ein Wesen von einem anderen Stern, das im Windschatten eines Kometenschweifs auf die Erde gekommen und am Fuß ihrer Zufahrt heruntergeplumpst war. Warum kann ich nicht einfach sagen: »Ist mir ein Vergnügen«? dachte sie. Ich komme mir in seiner Gegenwart irgendwie so langsam vor, obwohl er doch gar nichts macht. Es liegt an mir, nicht an ihm. Ich bin es einfach nicht gewöhnt, Leute um mich zu haben, deren Verstand so schnell arbeitet wie der seine.

Er stieg in den Bach und dann die gegenüberliegende Böschung hinauf. Sie ging mit dem blauen Rucksack durch die Brücke und stellte sich hinter ihn, glücklich, auf sonderbare Weise glücklich. Sie spürte seine Energie, eine bestimmte Kraft in der Art, wie er arbeitete. Er wartete nicht einfach auf die Natur, er vereinnahmte sie ganz sachte, formte sie nach seiner Sichtweise, paßte sie dem an, was er vor seinem geistigen Auge sah.

Er zwang der Szenerie seinen Willen auf, begegnete den Veränderungen des Lichts mit verschiedenen Objektiven, verschiedenen Filmen und hin und wieder auch einem Filter. Er kämpfte nicht einfach gegen sie an, er dominierte sie mit seiner Fertigkeit und seinem Verstand. Auch Farmer dominierten das Land – mit Chemikalien und Traktoren. Aber Robert Kincaids Art, die Natur zu verändern, war flexibel und beließ, nachdem er fertig war, stets alles in seiner ursprünglichen Form.

Sie sah, als er niederkniete, wie sich seine Jeans über die Muskeln seiner Schenkel spannte. Sah das verblichene Jeanshemd, das ihm am Rücken klebte, die grauen Haare, die ihm über den Kragen standen. Sah, wie er in die Hocke ging, um etwas an der Ausrüstung nachzustellen, und zum erstenmal seit vielen, vielen Jahren wurde sie, nur indem sie jemanden ansah, naß zwischen den Beinen. Als sie das spürte, schaute sie zum Abendhimmel hinauf und atmete tief durch, lauschte auf den leisen Fluch, mit dem er einen verkanteten Filter bedachte, der sich nicht vom Objektiv lösen wollte.

Er durchquerte wieder den Bach und schlurfte in seinen Gummistiefeln zu den beiden Lastern zurück. Francesca ging unter das Dach der Brücke, und als sie am anderen Ende heraustrat, kauerte er davor und hatte die Kamera auf sie gerichtet. Er löste aus, spannte den Verschluß, löste ein zweites Mal aus und ein drittes Mal, als sie auf der Straße auf ihn zukam. Sie spürte ihr etwas verlegenes Grinsen.

»Keine Bange.« Er lächelte. »Ich werde sie nicht ohne Ihre Genehmigung verwenden. Ich bin hier fertig. Ich denke, ich fahr noch mal im Motel vorbei und stell mich unters Wasser, bevor ich rauskomme.«

»Nun, das können Sie natürlich. Aber ich kann durchaus Handtuch und Dusche erübrigen, auch die Pumpe, wenn Sie wollen«, sagte sie leise und ganz und gar ernst.
»Okay, einverstanden. Fahren Sie schon mal vor. Ich pack noch die Ausrüstung zusammen und bin dann gleich drüben.«
Rückwärts bugsierte sie Richards neuen Ford zwischen den Bäumen hervor und lenkte ihn von der Brücke weg hinauf zur Hauptstraße, bog dort nach rechts ab und fuhr in Richtung Winterset, von wo aus sie in südwestlicher Richtung nach Hause rollte. Der Staub hinter ihr war zu dick, als daß sie hätte sehen können, ob er ihr folgte, obwohl sie einmal, nach einer Kurve, eine Meile weiter hinten die Lichter des klapprigen Lasters zu sehen glaubte.
Er mußte es wohl gewesen sein, weil sie den Wagen schon kurz nach ihrer Ankunft die Zufahrt heraufkommen hörte. Jack schlug an, ließ sich dann aber gleich wieder nieder. »Der Typ von gestern«, schien er dabei zu murmeln. »Das geht wohl in Ordnung.« Kincaid blieb einen Augenblick bei ihm stehen, um sich mit ihm zu unterhalten.
Francesca trat aus der Tür zur hinteren Veranda. »Dusche gefällig?«
»Das wäre toll. Zeigen Sie mir, wo.«
Sie führte ihn hinauf in das Bad, auf das sie

bestanden hatte, als die Kinder größer wurden. Es war eine der wenigen Forderungen, auf denen sie Richard gegenüber je wirklich bestanden hatte. Sie nahm für ihr Leben gern ein langes heißes Bad am Abend, und sie hatte keine Lust, daß Teenager in ihrem privaten Bereich herumtrampelten. Richard benutzte das andere Bad, weil ihm, wie er sagte, der ganze Frauenkram in ihrem nicht behagte. »Zu viel ›Kinkerlitzchen‹« – das waren seine Worte.

Das Bad war nur durch ihr Schlafzimmer zu erreichen. Sie öffnete die Tür und entnahm einem Schränkchen unter dem Waschbecken ein Sortiment Handtücher und einen Waschlappen. »Nehmen Sie, was Sie wollen.« Sie lächelte und knabberte dabei an ihrer Unterlippe.

»Ich würde mir vielleicht etwas Shampoo borgen, wenn Sie's entbehren können. Meines ist im Motel.«

»Sicher doch. Suchen Sie sich eins aus.« Sie stellte drei verschiedene Flaschen auf das Schränkchen, alle drei angebrochen.

»Danke.« Er warf seine frischen Sachen auf das Bett; Francesca sah eine Khakihose, ein weißes Hemd und Sandalen. Keiner der Männer hier trug Sandalen. Seit kurzem trug der eine oder andere aus der Stadt auf dem Golfplatz Bermudashorts, aber keiner von den Farmern. Und Sandalen – nie und nimmer.

Sie ging hinunter und hörte, daß die Dusche angedreht wurde. Jetzt ist er nackt, dachte sie und verspürte ein komisches Gefühl im unteren Teil ihres Bauches.

Früher am Tag, nach seinem Anruf, war sie die vierzig Meilen nach Des Moines gefahren und hatte in der staatlichen Spirituosenhandlung eingekauft. Sie hatte keine Erfahrung in solchen Dingen und fragte den Verkäufer nach einem guten Wein. Der freilich hatte nicht mehr Ahnung als sie und somit überhaupt keine. Also sah sie die Reihen von Flaschen durch, bis sie auf ein Etikett stieß, auf dem »Valpolicella« stand. An den erinnerte sie sich noch aus grauer Vorzeit. Trockener italienischer Rotwein. Sie kaufte zwei Flaschen und, ganz sinnliche Frau von Welt, noch eine Flasche Brandy.

Als nächstes sah sie sich in einem Laden im Zentrum nach einem neuen Sommerkleid um. Sie fand eines – zartrosa mit Spaghettiträgern. Es hatte einen tiefen runden Ausschnitt am Rükken und einen nicht weniger gewagten vorn, der ihren Brustansatz freigab; um die Taille wurde es von einer schmalen Schärpe gehalten. Dazu neue weiße Sandaletten, teure Sandaletten mit flachen Absätzen und von Hand verzierten Riemen.

Am Nachmittag machte sie gefüllte Paprikaschoten mit Tomatensoße, Naturreis, Käse und gehackter Petersilie. Dann einen einfachen Spinatsalat, Maisbrot und, als Nachtisch, ein Soufflé mit Apfelmus. Schließlich kam alles außer dem Soufflé in den Kühlschrank.

Dann kürzte sie eiligst das Kleid auf Kniélänge. Der *Register*, die in Des Moines erscheinende Zeitung, hatte Anfang Sommer einen Artikel gebracht, in dem es hieß, dies sei dieses Jahr die bevorzugte Länge. Sie hatte Mode und alles, was damit zusammenhing, immer für ziemlich verrückt gehalten; ihrer Meinung nach verhielten die Leute sich wie Schafe im Dienste irgendwelcher europäischer Modeschöpfer. Aber die Länge stand ihr nun mal gut, und so kam der Saum eben genau dorthin.

Der Wein war ein Problem. Die Leute hier bewahrten ihn im Kühlschrank auf, obwohl man das in Italien nie getan hatte. Andererseits war es wirklich zu warm, um ihn einfach auf der Anrichte stehen zu lassen. Schließlich fiel ihr das Kühlhaus über dem Brunnen ein. Dort hatte es auch im Sommer nur knapp fünfzehn Grad, und so stellte sie den Wein da an die Wand.

Oben hörte in dem Augenblick die Dusche auf zu laufen, als das Telefon klingelte. Es war Richard, der aus Illinois anrief.

»Alles in Ordnung?«

»Ja.«

»Carolyns Ochse wird am Mittwoch bewertet. Am

nächsten Tag wollen wir uns dann noch ein paar Sachen anschauen. Wir kommen dann am Freitag, spät.«

»Ist in Ordnung, amüsiert euch gut, und daß ihr mir ja vorsichtig fahrt.«

»Bist du sicher, daß alles in Ordnung ist, Frannie? Du hörst dich irgendwie komisch an.«

»Nein, nein, mir geht's prima. Mir ist nur heiß. Nach meinem Bad geht's mir wieder besser.«

»Schön. Grüß Jack von mir.«

»Ja, mach ich.« Sie warf einen Blick auf Jack, der, alle viere von sich gestreckt, auf dem Betonboden der hinteren Veranda lag.

Robert Kincaid kam die Treppe herunter und in die Küche. Weißes Hemd mit Button-down-Kragen, die Ärmel bis genau über die Ellenbogen gerollt. Seine Haare waren noch feucht, und sie waren sauber gekämmt, mit dem Scheitel genau in der Mitte. Und sie bestaunte die Sandalen.

»Ich bring nur die Arbeitsklamotten raus in den Laster und hol die Ausrüstung rein, um sie ein wenig sauber zu machen.«

»Nur zu. Ich werde inzwischen baden.«

»Wollen Sie ein Bier zum Bad?«

»Wenn Sie eins übrig haben.«

Er brachte zuerst die Kühlbox herein, nahm ein Bier heraus und öffnete es, während sie zwei hohe Gläser auftrieb, die als Krüge herhalten mußten. Als er wieder zum Laster ging, um die

Kameras zu holen, nahm sie ihr Bier und ging hinauf, stellte fest, daß er die Wanne gesäubert hatte, und ließ sich ein tiefes, warmes Bad ein, machte es sich darin bequem, ihr Glas auf dem Boden neben ihr, während sie sich abseifte und rasierte. Nur wenige Minuten zuvor hatte er hier gestanden; sie lag jetzt da, wo das Wasser über seinen Körper gelaufen war, und sie fand das ungemein erotisch. Mittlerweile schien ihr fast alles an Robert Kincaid erotisch.

Etwas so Einfaches wie ein kühles Bier zum Bad hatte etwas so Elegantes. Warum lebten sie und Richard nicht so? Zum Teil war es, soviel wußte sie, die Trägheit der Gewöhnung. Alle Ehen, alle Beziehungen sind anfällig dafür. Gewöhnung bringt Vorhersehbarkeit, und Vorhersehbarkeit war auf ihre ganze spezielle Weise auch eine Wohltat; auch dessen war sie sich bewußt.

Und dann war da der Hof. Er war wie ein anspruchsvoller Kranker; ständig mußte man da sein, obwohl das allmähliche Ersetzen menschlichen Schweißes durch Maschinen viele der Arbeiten weniger mühselig als früher gemacht hatte.

Aber hier war noch mehr im Spiel. Kalkulierbarkeit ist eine Sache, Angst vor der Veränderung eine andere. Und Richard hatte nun einmal, was ihre Ehe anbelangte, Angst vor Veränderungen, egal welcher Art. Er sprach im allgemeinen noch nicht mal gern über sie. Und insbesondere nicht über Sex. Erotik war in gewisser Hinsicht eine gefährliche Sache und seiner Ansicht nach etwas Ungehöriges.

Aber er war da nicht allein und hatte im Grunde auch keine Schuld daran. Was sollte diese Barriere gegen die Freiheit, die man hier draußen errichtet hatte? Nicht nur auf ihrer Farm, sondern in der ländlichen Kultur überhaupt. Und was das betrifft, vielleicht auch in der städtischen.

Warum die Mauern und Zäune, die eine offene Beziehung zwischen Männern und Frauen verhinderten? Warum dieser Mangel an Intimität, dieses Fehlen jeglicher Erotik?

Die Frauenzeitschriften schrieben über derlei Dinge. Und Frauen begannen nicht nur gewisse Erwartungen zu haben, was den ihnen im Lauf dieser Welt zugewiesenen Platz anbelangte, sondern auch bezüglich dessen, was in ihren Schlafzimmern passierte. Männer wie Richard – überhaupt die Mehrzahl der Männer, wie sie annahm – fühlten sich von diesen Erwartungen bedroht. In gewisser Hinsicht forderten die Frauen von den Männern, Poeten und ungestüme, leidenschaftliche Liebhaber zugleich zu sein.

Frauen sahen darin keinerlei Widerspruch. Männer schon. Die Umkleidekabinen der Sporthallen, die Herrenabende, die Billardhallen, die frauenlosen Treffen unter ihresgleichen definierten männliche Charakteristika, in denen Poesie, ja überhaupt alles Feinere einfach keinen Platz hatte. Wenn also die Erotik etwas Feineres war, eine eigene Kunstform, wovon Francesca überzeugt war, dann hatte sie eben keinen Platz im Gefüge ihres Lebens. Und so ging der ebenso wahnsinnige und in seiner Bequemlichkeit clevere Tanz, der die Geschlechter auf Distanz hielt, eben weiter, während die Frauen im Madison County sich nachts mit einem Seufzer zur Wand drehten.

Etwas in Robert Kincaid ließ ihn all das verstehen, ohne daß man darüber zu reden brauchte. Dessen war sie sich sicher.

Als sie ins Schlafzimmer kam, um sich abzufrottieren, stellte sie fest, daß es kurz nach zehn war. Und immer noch heiß, aber das Bad hatte sie abgekühlt. Sie holte ihr neues Kleid aus dem Schrank.

Sie zog ihr langes schwarzes Haar nach hinten und befestigte es mit einer silbernen Spange. Silberne Ohrringe, große Reifen und ein weites silbernes Armband, das sie am Vormittag in Des Moines gekauft hatte.

Noch einmal das Parfüm – Wind Song. Einen Hauch Lippenstift auf das römische Gesicht mit seinen hohen Wangenknochen, ein Pinkton noch zarter sogar als das Kleid. Die Bräune, die sie bei der Arbeit im Freien in Shorts und kurzen Tops abbekommen hatte, gab ihrer Aufmachung den letzten Schliff. Ihre schlanken Beine, die unter dem Saum des Kleides hervorschauten, machten sich gar nicht so schlecht.

Sie drehte sich erst auf die eine, dann auf die andere Seite und musterte sich im Spiegel der Frisierkommode. Also viel besser wird das wohl nicht mehr, dachte sie. Und dann, zufrieden mit sich, sagte sie halblaut: »Kannst dich aber durchaus sehen lassen.«

Robert Kincaid hatte sein zweites Bier in Arbeit und packte eben die Kameras wieder weg, als sie in die Küche kam. Er hob den Kopf und sah sie an. »Mein Gott«, sagte er leise. Alles, was er gefühlt hatte, alles, was er je gesucht hatte, was er sich je überlegt hatte, ein Leben voller Gefühle, voller Suchen, voller Gedanken, in diesem einen Augenblick kam alles zusammen. Und er verliebte sich in Francesca Johnson, die Farmersgattin aus dem Madison County in Iowa, die einst aus Neapel gekommen war.

»Ich will sagen« – seine Stimme war etwas brüchig und leicht belegt – »wenn Sie mir meine Unverfrorenheit verzeihen, Sie sehen umwerfend aus. So umwerfend, daß man am liebsten heulend vor Schmerz um die Häuser laufen möchte. Ich mein's ernst. Sie haben die Eleganz der großen Welt, Francesca, im wahrsten Sinne des Wortes.«

Seine Bewunderung war aufrichtig, das konnte sie sehen. Sie schwelgte darin, warf sich in ihren Strudel, ließ sie in jede Pore ihres Körpers wie schmeichelnden Balsam aus der Hand eines Gottes, der sie vor Jahren verlassen hatte und jetzt zurückgekehrt war.

Und in genau diesem Bruchteil eines Augenblicks verliebte sie sich in Robert Kincaid, Photograph & Autor aus Bellingham, Washington, der einen alten Pickup namens Harry fuhr.

Wieder Platz zum Tanzen

An jenem
Dienstagabend im August 1965
sah Robert Kincaid Francesca Johnson
ruhigen Auges an. Sie erwiderte seinen Blick.
Gut drei Meter voneinander entfernt,
waren sie doch ineinander verschränkt,
und das fest, nah und unentwirrbar.
Das Telefon klingelte.
Den Blick noch auf ihn gerichtet,
reagierte sie nicht gleich beim ersten Klingeln,

auch nicht beim zweiten. In der langen Stille nach dem zweiten Klingeln und noch vor dem dritten tat er einen tiefen Atemzug und senkte den Blick auf seine Kamerataschen. Das ermöglichte es ihr, die Küche zu durchqueren und an den Apparat zu gehen, der gleich hinter seinem Stuhl an der Wand hing.

»Johnson ... Hallo, Marge. Ja, mir geht's prima. Donnerstag abend?«

Sie rechnete: Er hat gesagt, er wäre eine Woche hier, gestern ist er gekommen, heute ist erst Dienstag. Die Entscheidung zu lügen fiel ihr nicht schwer.

Sie stand neben der Tür zur Veranda, den Hörer in der Linken. Er saß zum Greifen nahe, mit dem Rücken zu ihr. Sie streckte die Rechte aus und legte sie auf seine Schulter, auf die ungezwungene Art, die einige Frauen bei Männern haben, die sie mögen. In nur vierundzwanzig Stunden hatte sie Robert Kincaid liebgewonnen.

»Oh, Marge, da hab ich aber zu tun, du. Ich fahre nach Des Moines zum Einkaufen. Endlich eine Gelegenheit, eine ganze Menge zu erledigen, was ich immer aufgeschoben habe. Du weißt ja, wo Richard und die Kinder aus dem Haus sind.«

Ruhig lag ihre Hand auf ihm. Sie spürte den Muskel von seinem Hals die Schulter entlang, gleich hinter seinem Schlüsselbein. Sie blickte hinab auf das dichte, sauber gescheitelte graue Haar. Sah, wie es über den Kragen wucherte. Marge plapperte vor sich hin.

»Ja, Richard hat vor 'ner Weile angerufen... Nein, die Preisverleihung ist nicht vor Mittwoch... morgen. Richard meint, sie kämen nicht vor Freitag nacht. Sie wollen sich Donnerstag noch irgendwas anschauen. Und dann die lange Fahrt, vor allem mit dem Viehtransporter... Nein, Footballtraining fängt erst in einer Woche wieder an. Ja, ja, in einer Woche. Jedenfalls hat Michael das gesagt.«

Sie war sich der Wärme seines Körpers bewußt, die sie durch das Hemd hindurch spürte. Die Wärme ging auf ihre Hand über, bewegte sich ihren Arm herauf und von dort aus, wo immer sie hinwollte, ohne daß Francesca sich hätte anstrengen müssen – ja, ohne daß sie überhaupt eine Kontrolle darüber gehabt hätte. Er saß reglos da, weil er kein Geräusch machen wollte, das Marge womöglich aufhorchen ließ. Francesca verstand.

»Ach, ja, da hat einer nach dem Weg gefragt.«

Wie sie vermutete, war Floyd Clark schnurstracks nach Hause gefahren und hatte seiner Frau brühwarm von dem grünen Pickup erzählt, den er gestern im Vorüberfahren auf dem Hof der Johnsons hatte stehen sehen.

»Ein Fotograf? Ehrlich, ich hab keine Ahnung. Ich hab mich nicht weiter drum gekümmert.

Möglich wär's schon.« Die Lügen gingen ihr jetzt leichter von der Zunge.

»Er wollte zur Roseman Bridge ... Ist das wahr? Er macht also tatsächlich Fotos von den alten Brücken, was? Na ja, wenn's nichts Schlimmeres ist. Ein Hippie?« Francesca kicherte und beobachtete Kincaids Kopf, der sich langsam hin und her bewegte. »Na ja, ich weiß nicht, wie so ein Hippie aussieht. Der Bursche war höflich. Er war ja auch nur ein, zwei Minuten hier, und schon war er wieder weg ... Ich weiß nicht, ob sie in Italien auch Hippies haben, Marge. Ich bin seit acht Jahren nicht mehr drüben gewesen. Außerdem, wie ich schon sagte, ich bin mir nicht sicher, ob ich einen Hippie erkennen würde, wenn ich einen sehe.«

Marge redete und redete: über freie Liebe, über Kommunen und Rauschgift – darüber hatte sie irgendwo was gelesen. »Marge, ich wollte eben ins Bad steigen, als du angerufen hast, ich lauf also besser mal, bevor mir das Wasser kalt wird ... Ist recht, ich ruf dich bald mal an. Tschüs.«

Nur ungern nahm sie ihre Hand von seiner Schulter, aber sie fand keine rechte Entschuldigung dafür, sie nicht wegzunehmen. Also trat sie an die Spüle und drehte das Radio an. Wieder mal Country-music. Sie drehte am Knopf, bis sie die Klänge einer Big Band gefunden hatte.

»›Tangerine‹«, sagte er.

»Was?«

»Das Lied. Es heißt ›Tangerine‹. Es handelt von einer Argentinierin.« Wieder das Herumgerede um den heißen Brei. Hauptsache, er sagte etwas, irgendwas.

Er kämpfte um Zeit und gegen die Sinnlosigkeit dieser Geschichte hier und hörte dabei irgendwo im Hinterkopf das kaum wahrnehmbare Klicken einer Tür, die sich hinter zwei Leuten in einer Küche in Iowa schloß.

Sie lächelte ihn milde an. »Haben Sie Hunger? Ich kann das Abendessen machen, wann immer Sie wollen.«

»Es war ein langer, guter Tag. Ich hätt gern noch ein Bier, bevor ich was esse. Trinken Sie eines mit?« Zeit schindend, auf der Suche nach seiner Mitte, die ihm nach und nach entglitt.

Sie wollte. Er öffnete zwei und stellte ihr eines auf ihre Seite des Tisches.

Francesca hatte ihre Freude an ihrem Aussehen und der Art, wie sie sich fühlte. Weiblich. Das war es. Unbeschwert, warm und weiblich. Sie setzte sich auf den Küchenstuhl, schlug die Beine übereinander, so daß ihr der Saum des Kleides ein gutes Stück übers rechte Knie rutschte. Kincaid saß gegen den Kühlschrank gelehnt, die Arme vor der Brust gekreuzt, das Budweiser in seiner Rechten. Sie genoß es, daß

er ihre Beine zur Kenntnis nahm, und das tat er wirklich.
Er nahm alles an ihr zur Kenntnis. Vorhin hätte er noch davonlaufen können, konnte es immer noch. Seine Vernunft kreischte: »Laß gut sein, Kincaid, sieh zu, daß du wieder Straße unter die Füße kriegst. Fotografier deine Brücken, geh nach Indien. Mach unterwegs in Bangkok halt und schau bei der Tochter des Seidenhändlers vorbei, die sämtliche geheimen Ekstasen kennt, die einen die alte Art nur lehren kann. Geh schwimmen mit ihr, nackt in dämmrigen Dschungelweihern, und lausche auf ihre Schreie, wenn du ihr im Morgengrauen das Innerste zu äußerst kehrst. Laß das hier« – die Stimme war zu einem Zischen geworden – »es wächst dir über den Kopf.«
Aber der langsame Straßentango hatte bereits begonnen. Spielte irgendwo, er konnte ihn hören, auf einem alten Akkordeon. Weit zurück oder weit vor ihm, er hätte es nicht sagen können. Und der Klang ließ ihm die Argumente verschwimmen und dezimierte seine Alternativen bis auf eine einzige. Unerbittlich, bis ihm kein Weg mehr blieb als der hin zu Francesca Johnson.
»Wir können tanzen, wenn Sie wollen. Ist eine ziemlich gute Musik dafür«, sagte er auf seine ernste, zurückhaltende Art. Fügte jedoch sofort

eine Einschränkung an: »Nicht daß ich ein großer Tänzer wäre, aber wenn Sie Lust haben, ich denke, für eine Küche wird es wohl reichen.«
Jack kratzte an der Verandatür, er wollte herein. Sollte er draußen bleiben.
Francesca errötete nur leicht. »Okay. Aber ich tanze auch nicht gerade viel ... jedenfalls nicht mehr. Als junges Mädchen in Italien schon, aber jetzt vielleicht grade mal an Silvester, und auch da nur ein bißchen.«
Er lächelte und stellte sein Bier auf die Anrichte. Sie erhob sich, und die beiden bewegten sich aufeinander zu. »Sie hören die Tanzparty am Dienstagabend auf WGN, Chicago«, sagte ein sanfter Bariton. »Wir haben nur einige Mitteilungen für Sie, dann sind wir wieder da.«
Sie mußten beide lachen. Telefone und Werbung. Irgend etwas schob pausenlos Realität zwischen sie. Sie wußten es, ohne es auszusprechen.
Aber er hatte die Hand bereits ausgestreckt und nach ihrer Rechten gegriffen, hielt sie jetzt in seiner Linken. Er lehnte sich zwanglos gegen die Arbeitsplatte, schlug die Knöchel übereinander, den rechten nach oben. Sie stand neben ihm, gegen die Spüle gelehnt, und sah zum Fenster in der Nähe des Tisches hinaus, spürte seine schlanken Finger um ihre Hand. Kein Lüftchen regte sich draußen, und der Mais wuchs.

»Oh, nur einen Augenblick.« Sie löste zögernd ihre Hand aus der seinen und öffnete die rechte untere Tür des Büffets. Sie nahm zwei weiße Kerzen heraus, die sie am Vormittag in Des Moines gekauft hatte, zusammen mit einem Messingständer für jede. Sie stellte sie auf den Tisch. Er ging hinüber und zündete sie eine nach der anderen an, während Francesca das Deckenlicht ausknipste. Es war jetzt dunkel außer den beiden kleinen Flammen, die, in der windlosen Nacht kaum flackernd, geradewegs nach oben deuteten. Die schlichte Küche hatte noch nie so gut ausgesehen.

Man spielte wieder Musik. Zu ihrem Glück war es eine langsame Version von »Autumn Leaves«. Sie war verlegen. Wie er auch. Aber er nahm ihre Hand, legte ihr einen Arm um die Taille, sie drückte sich an ihn, und die Verlegenheit verschwand. Irgendwie schien sich alles wie von selbst zu geben. Er rutschte mit dem Arm weiter um ihre Taille und zog sie näher an sich heran.

Sie konnte ihn riechen: sauber, abgeseift und warm. Der elementare Wohlgeruch eines zivilisierten Mannes, der irgendwo in sich einen Ureinwohner zu beherbergen schien.

»Gutes Parfüm«, sagte er und holte ihre beiden Hände heran, so daß sie, in der Nähe seiner Schulter, auf seiner Brust zu liegen kamen.

»Danke.«

Sie tanzten, langsam. Ohne sich groß vom Fleck zu bewegen. Sie spürte ihre Beine an den seinen, hin und wieder berührten sich ihre Bäuche.

Das Stück war zu Ende, aber er hielt sie an sich gedrückt und summte die Melodie, die sie eben gehört hatten, und so standen sie da, bis das nächste Lied begann. Ganz automatisch führte er sie hinein, und der Tanz ging weiter, während die Grashüpfer über das Kommen des Septembers lamentierten.

Durch das leichte Baumwollhemd spürte sie seine Schultermuskeln. Er war real, realer als alles, was sie jemals gekannt hatte. Er beugte sich etwas vor, um seine Wange an die ihre zu legen.

Während der Zeit, die sie miteinander verbrachten, bezeichnete er sich einmal als einen der letzten Cowboys. Sie hatten im Gras neben der Pumpe hinter dem Haus gesessen. Sie verstand nicht und fragte, wie er das meinte. »Es gibt eine bestimmte Art von Männern, die sich überlebt hat«, hatte er gesagt. »Oder so gut wie. Die Welt wird immer geordneter, viel zu geordnet für mich und ein paar andere wie mich. Alles ist an seinem Platz, alles hat seinen Platz. Ich meine, zugegeben, ich halte meine Kameraausrüstung auch in Ordnung, aber ich meine etwas mehr als das: Regeln, Vorschriften, Gesetze, gesellschaftliche Konventionen. Hackordnungen, das Ausmaß an Kontrolle, Langzeitpläne, Budgets. Die Macht der Großkonzerne. Geld statt Gott. Eine Welt voll verknitterter Anzüge mit Namensschildchen an der Brust.

Nicht alle Männer sind gleich. Einige werden in der Welt der Zukunft ihren Weg machen. Einige, vielleicht bloß ein paar von uns, jedoch nicht. Man sieht das an Computern und Robotern und dem, was sie ankündigen. In älteren Welten gab es Dinge, die wir tun konnten, für die wir geschaffen waren, die sonst keiner konnte und eine Maschine schon gleich gar nicht. Wir sind schnell, wir sind stark und flink, aggressiv und robust. Wir haben Mut mitbekommen.

Es kommt aber irgendwann soweit, daß Computer und Roboter die Welt bestimmen. Zwar werden Menschen diese Maschinen bedienen, aber dazu braucht es weder Mut noch Kraft oder ähnliche Charaktereigenschaften. Um genau zu sein: Der Mann überdauert seine eigene Nützlichkeit. Alles, was man noch brauchen wird, sind Samenbanken, um die Spezies über die Runden zu bringen, und die sind ja schon im Kommen. Die meisten Männer sind, nach Meinung der Frauen, sowieso lausige Liebhaber, also was ist schon verloren, wenn die Wissenschaft den Sex ersetzt. Wir geben die Freiheit auf, bringen Ordnung in alles, versehen unsere Emotionen mit Nut und Feder. Effizienz und

Effektivität und wie diese intellektuellen Tricks alle heißen. Und mit dem Verlust der Freiheit verschwindet auch der Cowboy, zusammen mit dem Silberlöwen und dem grauen Wolf.

Ich bin einer der letzten Cowboys. Mein Job läßt mir sozusagen diese Freiheit. Jedenfalls so viel, wie man heute noch davon haben kann. Ich bin nicht traurig deswegen. Ein bißchen wehmütig vielleicht schon. Aber es muß so sein; es ist die einzige Möglichkeit zu verhindern, daß wir uns selbst vernichten. Ich behaupte, die männlichen Hormone sind letztendlich die Ursache für jeglichen Ärger auf diesem Planeten. Es war eine Sache, einen anderen Stamm oder einen anderen Krieger zu unterwerfen. Raketen sind eine ganz andere Geschichte. Es ist auch etwas anderes, die Macht zu haben, die Natur zu zerstören, so wie wir das momentan tun.

Der Fluch der modernen Zeit ist das Übergewicht der männlichen Hormone dort, wo sie auf lange Zeit Schaden anrichten können. Auch wenn es nicht um Kriege zwischen Nationen oder Zerstörung der Natur geht, es bleibt immer noch diese Aggressivität, die nicht nur zwischen uns steht, sondern auch zwischen uns und den Problemen, an denen wir arbeiten sollten. Wir müssen diese männlichen Hormone irgendwie sublimieren oder sie wenigstens in den Griff kriegen.

Wahrscheinlich ist es an der Zeit, unser Kinderspielzeug wegzuräumen und endlich erwachsen zu werden. Hol's der Teufel, ich seh es ja. Ich geb's zu. Ich versuch nichts anderes, als ein paar gute Bilder zu schießen und meinen Abgang zu machen, bevor ich mich total überlebt habe oder ernsthaften Schaden anrichten kann.«

Sie hatte im Lauf der Jahre selbst schon nachgedacht über das, was er da gesagt hatte. Er schien recht zu haben, irgendwie, oberflächlich betrachtet. Aber seine Art widersprach dem, was er sagte. Er hatte eine gewisse unbedachte Aggressivität an sich, die er freilich im Griff zu haben schien; es hatte ganz den Anschein, als könnte er sie einschalten und wieder ablegen, ganz wie er wollte. Genau das hatte sie sowohl angezogen als auch verwirrt – seine unglaubliche Intensität, eine kontrollierte, wohlaustarierte, pfeilartige Intensität gemischt mit Wärme und ohne die geringste Spur von Gemeinheit.

An jenem Dienstagabend, beim Tanz in der Küche, waren sie, allmählich und ohne Plan, einander nähergekommen. Francesca, fest an seine Brust gedrückt, überlegte, ob er wohl ihre Brüste spürte durch das Kleid und das Hemd, und war sicher, daß er es konnte.

Er fühlte sich so gut an. Sie wollte, daß es ewig so weiterginge. Sie wollte mehr alte Lieder, immer weiter tanzen, immer mehr von seinem Körper gegen den ihren spüren. Sie war wieder Frau geworden. Sie hatte wieder Platz zum Tanzen. Langsam, aber unaufhaltsam wandte sie sich nach Hause, in Richtung eines Ortes, an dem sie noch nie gewesen war.

Es war heiß. Die Luftfeuchtigkeit war hoch, und weit drüben im Südwesten donnerte es grollend. Motten warfen sich gegen die Fliegengitter und spähten, auf der Jagd nach dem Feuer, zu den Kerzen herein.

Er wurde eins mit ihr. Und sie mit ihm. Sie bewegte die Wange weg von der seinen, sah mit dunklen Augen zu ihm auf, und er küßte sie, und sie ihn, ein endloser, weicher Kuß, ein Fluß langer, weicher Küsse.

Sie hörten auf, so zu tun, als tanzten sie, ihre Arme schlangen sich um seinen Hals. Seine Linke ruhte in ihrem Kreuz, die Rechte strich über ihren Hals, ihre Wange, ihr Haar. Thomas Wolfe hatte vom »Geist der alten Begierde« gesprochen. Dieser Geist hatte sich in Francesca Johnson geregt. Und nicht nur in ihr.

An ihrem siebenundsechzigsten Geburtstag vor dem Fenster sitzend, sah Francesca in den Regen hinaus und dachte zurück. Sie trug ihren Brandy in die Küche und blieb einen Augenblick stehen, starrte auf genau die Stelle, an der sie gestanden hatten. Ihre Gefühle waren dabei überwältigend, jedesmal aufs neue. Sie waren so stark, daß sie das Ganze in allen Einzelheiten nur einmal im Jahr durchzuspielen wagte, da ihr Verstand den Keulenschlägen solcher Emotionen womöglich nicht hätte standhalten können. Ihre Abstinenz von diesen Erinnerungen war eine Überlebensfrage gewesen. Auch wenn die Einzelheiten sie während der letzten Jahre immer öfter heimgesucht hatten. Sie hatte aufgehört, ihnen den Zugang zu ihrem Innersten verwehren zu wollen. Die Bilder waren klar, lebendig, gegenwärtig. Obwohl sie nun schon so weit zurücklagen. Zweiundzwanzig Jahre. Aber nach und nach wurden sie einmal mehr Realität – die einzige, in der sie leben wollte.

Sie wußte, sie war siebenundsechzig, und akzeptierte das, konnte sich aber Robert Kincaid unmöglich als fast Fünfundsiebzigjährigen denken. Konnte es sich nicht vorstellen, mochte nicht daran denken, mochte noch nicht einmal daran denken, es sich vorstellen zu können. Er war hier bei ihr, hier in dieser Küche, in seinem weißen Hemd, dem langen grauen Haar, der Khakihose, den braunen Sandalen, dem silbernen Armband, dem silbernen Kettchen um den Hals. Er war hier und hatte die Arme um sie gelegt.

Sie entzog sich ihm schließlich, dort in der Küche, wo sie standen, und nahm ihn bei der Hand, führte ihn zur Treppe, die Treppe hinauf, an

Carolyns Zimmer vorbei, an Michaels Zimmer vorbei und in ihr eigenes, wo sie die kleine Leselampe neben dem Bett anmachte.

Jetzt, so viele Jahre später, stieg Francesca, ihren Brandy in der Hand, die Treppe hinauf, ihre Rechte hinter sich herziehend, um die Erinnerung an ihn mit hinaufzunehmen, den Flur entlang in ihr Schlafzimmer.

Die Bilder jenes Abends waren ihr so deutlich ins Gedächtnis graviert, als handelte es sich um seine gestochen scharfen Fotos. Sie erinnerte sich an die traumgleiche Folge von Handgriffen, mit denen sie sich ihrer Kleidung entledigten, an sie beide nackt im Bett. Sie erinnerte sich daran, wie er sich ein Stück über sie gestemmt und seine Brust langsam gegen ihren Bauch und ihre Brüste bewegt hatte. Immer und immer wieder – wie ein Balzritual aus einem uralten Zoologiebuch. Während er sich über ihr bewegte, küßte er abwechselnd ihre Lippen, ihre Ohren, streifte mit seiner Zunge ihren Hals entlang, leckte sie, wie einer der prächtigen Leoparden im hohen Gras afrikanischer Steppen es getan haben mochte.

Er war ein Tier. Ein anmutiges, hartes männliches Tier, das nichts tat, um sie zu dominieren, und sie dennoch völlig beherrschte, auf eine Weise, wie sie es sich in diesem Augenblick wünschte.

Aber es ging weit über das Körperliche hinaus, obwohl der Umstand, daß er sie so lange lieben konnte, ohne müde zu werden, sehr wohl dazugehörte. Ihn zu lieben – es hörte sich jetzt schier banal an, bedachte man die Aufmerksamkeit, die derlei Dingen während der letzten beiden Jahrzehnte geschenkt wurden – ihn zu lieben war eine spirituelle Erfahrung. Spirituell, aber nie und nimmer banal.

Mittendrin, während sie einander liebten, hatte sie ihm, alles in einen einzigen Satz packend, zugeflüstert: »Robert, du bist so stark, daß man sich fürchten möchte.« Und er verfügte in der Tat über große körperliche Kraft, setzte sie jedoch sehr behutsam ein. Aber das war noch nicht alles.

Sex war nur eine Seite davon. In der Zeit ihrer ersten Begegnung hatte sie sich der Vorfreude auf einen Genuß – oder wenigstens der Möglichkeit eines solchen – ergeben, auf einen Bruch mit der Routine eines brutalen Einerleis. Sie hatte nicht mit seiner merkwürdigen Macht gerechnet.

Es war fast, als hätte er von ihr in jeder Hinsicht Besitz ergriffen. Das war es, was dies alles so beängstigend machte. Sie hatte anfänglich geglaubt, ein Teil von ihr würde immer über dem stehen, was auch immer sie und Robert Kincaid miteinander machten, der Teil nämlich, der ih-

rer Familie und ihrem Leben im Madison County gehörte.
Aber er nahm ihr das alles, mir nichts, dir nichts. Sie hätte es gleich wissen sollen, als er aus dem Laster stieg, um nach dem Weg zu fragen. Schon damals hatte er für sie etwas von einem Schamanen gehabt, und sie hatte sich mit dieser ersten Einschätzung nicht getäuscht.
Wenn sie beisammen waren, so liebten sie einander eine Stunde, vielleicht auch länger, dann entzog er sich ihr langsam und betrachtete sie, zündete sich und ihr eine Zigarette an. Oder er legte sich einfach neben sie, aber immer bewegte sich eine seiner Hände über ihren Körper. Dann war er wieder in ihr, flüsterte ihr leise ins Ohr, während er sie liebte, küßte sie zwischen den Sätzen, zwischen Worten, seinen Arm um ihre Taille gelegt, zog sie an sich und sich in sie hinein.
Und allmählich ließ sie ihren Verstand fahren, schwerer atmend jetzt, ließ sich von ihm verschleppen, in seine Gefilde, und er lebte in merkwürdigen, geisterhaften Gefilden, Gefilden tief an den Wurzeln Darwinscher Logik.
Ihr Gesicht an seinem Hals vergraben, ihre Haut an der seinen, roch sie Flüsse und Holzfeuer, hörte, in längst vergangenen Nächten, dampfende Züge aus verschneiten Bahnhöfen schnaufen, sah einen steten Zug Reisender in

schwarzen Mänteln sich entlang gefrorener Flüsse und über Sommerwiesen einen Weg zum Ende aller Dinge bahnen. Wieder und immer wieder fuhr der Leopard über sie hinweg wie ein anhaltender Wind, und sich unter ihm drehend, ritt sie diesen Wind wie eine Tempeljungfrau in Richtung der wonnigen, geschmeidigen Feuer, die das sanfte Abgleiten ins Vergessen markierten.

Und sie murmelte, leise, atemlos: »Oh, Robert... Robert... Ich verliere mich.«

Ihr, die seit Jahren keinen Orgasmus mehr gehabt hatte, kamen sie jetzt, bei diesem Wesen, halb Mann, halb irgendwas, in langen Folgen. Sie wunderte sich über seine Ausdauer, und er sagte ihr, er könne diese Orte mit dem Verstand ebenso erreichen wie mit dem Körper und daß Orgasmen des Verstandes ihre ganz eigene, besondere Qualität hätten.

Sie hatte keine Ahnung, wovon er sprach. Alles, was sie wußte, war, daß er irgendeine Art Strick einholte und ihn so fest um sie beide wand, daß sie erstickt wäre, hätte sie nicht diese überwältigende Freiheit von sich selbst verspürt.

Die Nacht zog sich hin, die Kreise ihres großartigen Reigens verengten sich. Robert Kincaid warf jeden Sinn für Linearität über Bord und landete in einem Teil seiner selbst, in dem nur Formen, Geräusche und Schatten zählten. Er ging die

Pfade der alten Art zurück, fand seinen Weg im Licht von Kerzen aus sonnenbestrahltem Frost, deren Wachs in das Gras des Sommers und das rote Laub des Herbstes tropfte.

Und er hörte die Worte, die er ihr zuflüsterte, als spräche die Stimme eines anderen und nicht die seine. Bruchstücke eines Gedichts von Rilke, »um den alten Turm ... ziehe ich seit tausend Jahren meine Kreise«. Die Zeilen eines alten Sonnengesangs der Navajos. Er flüsterte ihr von den Visionen, die sie ihm bescherte – von wehendem Sand, purpurnen Winden und braunen Pelikanen, die auf dem Rücken von Delphinen die Küste Afrikas hinaufzogen.

Laute, leise, unverständliche Laute kamen aus ihrem Mund, als sie sich ihm entgegenbäumte. Aber er war dieser Sprache mächtig, und in dieser Frau unter ihm fand, sein Bauch an dem ihren, tief in ihr, Robert Kincaids lange Suche ein Ende.

Und endlich erfuhr er die Bedeutung der zahllosen kleinen Fußspuren auf den zahllosen verlassenen Stränden, die er in seinem Leben beschritten hatte, der zahllosen geheimnisvollen Ladungen zahlloser Schiffe, die nie in See gestochen waren, der zahllosen verhangenen Gesichter, die ihn gemustert hatten auf seinem Weg durch die gewundenen Straßen dämmernder Städte. Und, wie einer der großen vorgeschichtlichen Jäger, der Meilen gewandert war, um jetzt den Schein der heimatlichen Lagerfeuer zu sehen, löste sich seine Einsamkeit auf in nichts. Endlich. So weit war er gelaufen … so lange unterwegs gewesen. Und er lag auf ihr, die vollkommene Form und auf ewig aus einem Guß in seiner Liebe zu ihr. Endlich.

Gegen Morgen stützte er sich etwas auf und sagte mit einem direkten Blick in ihre Augen: »Genau deshalb bin ich hier auf diesem Planeten und zu genau dieser Zeit, Francesca. Nicht um zu reisen und Bilder zu machen, sondern um dich zu lieben. Das weiß ich jetzt. Ich bin, irgendwann in einer anderen Zeit, vom Rand eines großen heiligen Berges gestürzt und seither gefallen, viele Jahre länger, als ich in diesem Leben gelebt habe. Und all diese Jahre hindurch bin ich auf dich gefallen.«

Als sie wieder herunterkamen, lief das Radio noch. Der Morgen war bereits da, aber die Sonne lag noch unter einer dünnen Wolkendecke.

»Francesca, ich muß dich um einen Gefallen bitten.« Er lächelte sie an, während sie mit der Kaffeekanne hantierte.

»Ja?« Sie schaute ihn an. Oh, Gott, ich liebe ihn so sehr, dachte sie, taumelig, und wollte ihn wieder und wieder bis in alle Ewigkeit.

»Schlüpf in die Jeans und das T-Shirt von gestern abend und ein Paar Sandalen. Sonst nichts. Ich möchte ein Bild von dir, genauso, wie du heute morgen aussiehst. Ein Foto nur für uns zwei.«

Sie ging hinauf, ihre Beine ganz schwach davon, ihn die ganze Nacht umschlungen zu haben, zog sich an und ging mit ihm hinaus auf die Weide. Und so war das Foto entstanden, das sie nun Jahr für Jahr betrachtete.

Der Highway und der Wanderfalke

Für die
nächsten paar Tage
gab Robert Kincaid die Fotografie auf.
So wie Francesca Johnson,
abgesehen von einigen unabdinglichen
Verrichtungen, das Farmleben aufgab.
Die beiden verbrachten jede Minute zusammen,
unterhielten sich, liebten sich.
Zweimal spielte er, als sie ihn darum bat,
auf der Gitarre und sang ihr,

mehr recht als schlecht, etwas vor, ein bißchen verlegen, weil sie, wie er sagte, sein erstes Publikum war. Als er das sagte, lächelte sie und küßte ihn, um dann, sich auf ihre Gefühle zurücklegend, seinen Liedern über Walfänger und Wüstenwinde zu lauschen.

Sie fuhr mit ihm nach Des Moines zum Flughafen, von wo aus er Filme nach New York schickte. Er schickte, wann immer möglich, gern die ersten Filme voraus, um der Redaktion eine Vorstellung davon zu geben, was er machte, und den Technikern Gelegenheit zu überprüfen, ob die Verschlüsse seiner Kameras ordnungsgemäß funktionierten.

Anschließend führte er sie zum Abendessen in ein teures Restaurant aus und hielt über den Tisch hinweg ihre Hände, während er ihr auf die ihm eigene intensive Art in die Augen sah. Und der Kellner, der sie beobachtete, lächelte in der Hoffnung, sich selbst einmal so zu fühlen.

Sie staunte über Robert Kincaids Vorahnung, daß es mit seiner Art zu Ende gehe, und die Leichtigkeit, mit der er das akzeptierte. Und allmählich verstand sie, was er meinte, wenn er sagte, er sei das Ende eines Evolutionszweiges, der sich als Sackgasse erwiesen hätte.

Am Donnerstag unterhielten sie sich, nachdem sie sich nachmittags geliebt hatten. Beide hatten sie gewußt, daß es früher oder später zu diesem

Gespräch kommen mußte. Beide waren sie ihm aus dem Weg gegangen.

»Was sollen wir machen?« sagte er.

Sie schwieg, hin- und hergerissen. Dann: »Ich weiß nicht«, leise.

»Wenn du willst, bleibe ich hier oder in der Stadt oder sonstwo. Wenn deine Familie wiederkommt, rede ich eben mit deinem Mann und erkläre ihm, wie die Sache steht. Es wird nicht leicht sein, aber ich werde das schon erledigen.«

Sie schüttelte den Kopf. »Richard würde es nicht begreifen, er denkt nicht in solchen Kategorien. Er versteht nichts von Zauber und Leidenschaft und all den anderen Dingen, über die wir uns unterhalten, die wir erfahren, und wird das auch nie verstehen. Was ihn nicht gleich zu einem minderwertigen Menschen macht. Es ist nur einfach zu weit weg von allem, was er je gefühlt oder gedacht hat. Ihm fehlen einfach die Voraussetzungen, damit umzugehen.«

»Sollen wir denn das alles einfach wegwerfen?« Er war ernst, lächelte nicht.

»Ich weiß auch nicht, Robert, auf eine merkwürdige Art und Weise gehöre ich jetzt dir. Ich wollte niemandem gehören, ich hatte das nicht nötig, und ich weiß auch, daß du das nicht beabsichtigt hast, aber es ist nun mal passiert. Ich sitze nicht mehr neben dir hier im Gras. Du hast mich in dir als freiwillige Gefangene.«

Er antwortete: »Ich bin mir nicht sicher, ob du in mir bist oder ich in dir oder ob du mir gehörst. Zumindest will ich dich nicht besitzen. Ich glaube, wir stecken beide in einem anderen, von uns geschaffenen Wesen namens ›Wir‹. Das heißt, wir sind nicht wirklich in ihm drin. Wir *sind* dieses Wesen. Wir haben uns beide verloren und etwas Neues geschaffen, etwas, das nur als Verflechtung unsrer beiden Seelen existiert. Herrgott noch mal, wir lieben uns. So tief und aufrichtig, wie man sich nur lieben kann.

Komm mit mir auf Reisen, Francesca. Das ist kein Problem. Wir lieben uns im Wüstensand und trinken Brandy auf den Terrassen von Mombasa, sehen zu, wie arabische Dhaus in der ersten Morgenbrise ihre Segel hissen. Ich zeige dir das Land der Löwen und ein wunderbares Dachrestaurant in einer alten Kolonialstadt im Golf von Bengalen und Züge, die über Bergpässe klettern, und kleine baskische Herbergen hoch in den Pyrenäen. In einem Tigerreservat in Südindien gibt es einen ganz besonderen Ort auf einer Insel in der Mitte eines riesigen Sees. Und wenn dir das Zigeunerleben nicht gefällt, dann mache ich irgendwo ein Geschäft auf und fotografiere am Ort oder mache Porträts oder was auch immer es braucht, um uns über Wasser zu halten.«

»Robert, als wir uns gestern nacht geliebt haben,

da hast du etwas gesagt, was ich nicht vergessen habe. Ich habe dir ins Ohr geflüstert, was für geheimnisvolle Kräfte du hast, immer wieder – und bei Gott, die hast du auch. Du hast gesagt: ›Ich bin der Highway und ein Wanderfalke und alle Segel, die je in See gestochen sind.‹ Und du hattest recht. Du spürst das, du spürst die Straße in dir. Nein, mehr noch, auf eine Art, die ich womöglich nicht erklären kann, bist du die Straße. In dem schmalen Riß, in dem Illusion und Realität sich treffen, da lebst du – irgendwo da draußen auf der Straße, und die Straße, das bist du.

Du *bist* deine alten Rucksäcke und ein Laster namens Harry und Düsenflieger nach Asien. Und ich will, daß du das bist. Wenn dein Evolutionszweig eine Sackgasse ist, wie du sagst, dann will ich, daß du mit vollen Segeln auf ihr Ende prallst. Ich glaube nicht, daß du das mit mir im Schlepptau könntest. Verstehst du nicht, ich liebe dich so sehr, daß ich auch nicht einen einzigen Augenblick daran denken will, dir Fesseln anzulegen. Das zu tun hieße das herrliche wilde Tier zu töten, das du bist, und mit ihm würden auch deine geheimnisvollen Kräfte sterben.«

Er wollte etwas sagen, aber Francesca gebot ihm zu schweigen.

»Ich bin noch nicht ganz fertig, Robert. Würdest du mich in die Arme nehmen, in deinen Laster schleppen und zwingen, mit dir zu gehen, du würdest nicht einen Laut der Klage hören. Du könntest das, nur indem du mit mir redest. Aber ich glaube nicht, daß du es tust. Dafür bist du zu sensibel und dir meiner Gefühle zu sehr bewußt. Und ich habe nun einmal das Gefühl, hier Verantwortung zu haben.

Stimmt, es ist langweilig – mein Leben hier, meine ich. Es geht ihm jegliche Romantik ab, jegliche Erotik: nie ein Tanz in der Küche bei Kerzenlicht, nie das wunderbare Gefühl, einen Mann zu spüren, der weiß, wie man eine Frau liebt. Und vor allem du gehst diesem Leben ab. Aber ich habe nun einmal mein verdammtes Verantwortungsgefühl. Meine Verantwortung gegenüber Richard, gegenüber den Kindern. Allein mein Weggehen, ihm meine körperliche Anwesenheit zu entziehen wäre eine Katastrophe für Richard. Das allein schon könnte ihn womöglich zerstören.

Und darüber hinaus hätte er, und das wäre noch schlimmer als alles andere, den Rest seines Lebens mit dem Getuschel der Leute hier zu leben. ›Schaut mal, das ist Richard Johnson. Seine kleine italienische Frau hatte so viel Pfeffer im Arsch, daß sie ihm vor Jahren mit einem langhaarigen Fotografen durchgegangen ist.‹ Richard würde darunter leiden, und die Kinder würden das Gekicher von ganz Winterset hören,

solange sie hier leben. Auch sie würden darunter leiden. Und mich dafür hassen.
So sehr ich dich auch will und mit dir zusammensein und ein Teil von dir sein möchte, ich kann mich nicht einfach von der Realität meiner Verantwortung losreißen. Wenn du mich, körperlich oder geistig, zwingst, mit dir zu gehen, dann kann ich, wie schon gesagt, nichts dagegen tun. Dazu fehlt mir bei meinen Gefühlen für dich die Kraft. Und wenn ich zehnmal gesagt habe, dir nicht im Weg stehen zu wollen, ich würde schon aus reiner Selbstsucht mitgehen, nur weil ich dich will.
Aber zwinge mich bitte nicht. Zwinge mich nicht dazu, hier alles aufzugeben, meine Verantwortung. Ich könnte das nicht, ohne ständig mit dem Gedanken daran zu leben. Wenn ich jetzt wegginge, dann würde mich dieser Gedanke in jemand anderen verwandeln als die Frau, in die du dich verliebt hast.«
Robert Kincaid schwieg. Er wußte, was sie meinte, wenn sie über die Straße und über Verantwortung sprach, über die Schuld, die sie womöglich verändern würde. Er wußte, daß sie recht hatte, in gewisser Hinsicht jedenfalls. Den Blick aus dem Fenster gerichtet, rang er mit sich, rang um Verständnis für ihre Gefühle. Sie begann zu weinen.
Dann hielten sie einander lange in den Armen.

Und er flüsterte ihr zu: »Ich habe nur eines zu sagen, nur dieses eine; ich werde es nie wieder sagen, zu niemandem, und ich bitte dich, es nie zu vergessen: In einem Universum voller Zweideutigkeit begegnet einem eine derartige Gewißheit nur einmal und dann nie wieder, egal wie viele Leben man lebt.«

Am Abend, Donnerstag abend, liebten sie sich wieder und lagen dann, unter Berührungen und Geflüster, bis nach Sonnenaufgang beieinander. Dann schlief Francesca ein wenig, und als sie aufwachte, stand die Sonne bereits hoch und heiß am Himmel. Sie hörte eine von Harrys Türen knarren und zog sich rasch etwas über.

Er hatte Kaffee gemacht und saß am Küchentisch und rauchte, als sie hinunterkam. Er grinste sie an. Sie ging hinüber zu ihm, und mit seinen Armen um ihre Taille vergrub sie ihr Gesicht in seinem Hals und die Hände in seinem Haar. Er drehte sie um und zog sie auf seinen Schoß, berührte sie.

Schließlich stand er auf. Er hatte seine alten Jeans wieder an, die orangefarbenen Hosenträger über einem sauberen Khakihemd, seine Stiefel fest geschnürt, das Schweizer Offiziersmesser am Gürtel. Seine Fotografenweste hing über der Lehne des Stuhls, wie immer guckte der Drahtauslöser aus einer der Taschen.

»Ich mache mich besser mal auf den Weg.«

Sie nickte und begann zu weinen. Sie sah die Tränen in seinen Augen, aber er lächelte sein typisches kleines Lächeln.

»Ist es okay, wenn ich dir mal schreibe? Ich würde dir wenigstens gern das eine oder andre Foto schicken.«

»Das geht in Ordnung«, sagte Francesca und wischte sich mit dem Handtuch an der Tür des Küchenschranks die Tränen aus den Augen. »Ich werd mir schon eine Ausrede dafür einfallen lassen, Post von einem fotografierenden Hippie zu kriegen, solange es nicht überhandnimmt.«

»Du hast meine Adresse in Bellingham und meine Nummer, ja?« Sie nickte. »Wenn ich nicht da bin, dann ruf in der Redaktion vom *National Geographic* an. Hier, ich schreib dir die Nummer auf.« Er schrieb sie auf den Block neben dem Telefon, riß das Blatt ab und reichte es ihr. »Du findest die Nummer auch in der Zeitschrift. Verlang die Redaktion. Die wissen meistens, wo ich bin. Denk nicht lange drüber nach, wenn du mich sehen oder dich auch nur mit mir unterhalten willst. Du kannst mich überall in der Welt anrufen – R-Gespräch, damit die Gebühren nicht auf deiner Rechnung landen. Und dann bin ich ja auch noch zwei Tage hier. Denk drüber nach, über das, was ich gesagt habe. Ich kann herkommen und die Angelegenheit im

Handumdrehen erledigen, und wir könnten zusammen zurück in den Nordwesten fahren.«

Francesca sagte nichts. Sie wußte, er könnte es tatsächlich, die Angelegenheit im Handumdrehen erledigen. Richard war zwar fünf Jahre jünger, aber er war Robert Kincaid weder intellektuell noch körperlich gewachsen.

Er schlüpfte in seine Weste. Ihr Verstand war verschwunden, leer, wollte nicht anspringen. »Geh nicht weg, Robert Kincaid«, hörte sie es von irgendwo in sich herausschreien.

Sie bei der Hand nehmend, ging er durch die Hintertür hinaus und zu seinem Laster. Er öffnete die Fahrertür, stellte seinen Fuß auf das Trittbrett, stieg dann noch einmal ab, um sie erneut für mehrere Minuten zu halten. Keiner von beiden sagte auch nur ein Wort; sie standen einfach da, gaben, empfingen, prägten sich unauslöschlich ein, wie der andere sich anfühlte. Bestätigten sich aufs neue die Existenz jenes besonderen Wesens, von dem er gesprochen hatte.

Zum letzten Mal ließ er von ihr ab, stieg in den Laster und saß dann bei offener Tür da. Tränen rannen ihm über die Backen. Tränen rannen ihr über die Backen. Langsam und unter dem Quietschen der Scharniere zog er die Tür schließlich zu. Harry wollte zunächst nicht anspringen, wie gewöhnlich, aber sie hörte, wie sein Stiefel das Gaspedal trat, hart, und der alte Laster schließlich und endlich nachgab.

Er legte den Rückwärtsgang ein und saß dann, die Kupplung gedrückt, da. Erst ernst, dann mit einem verhaltenen Lächeln, deutete er auf das Sträßchen. »Die Straße, weißt du. Ich werde nächsten Monat in Südostindien sein. Möchtest du eine Karte von dort?«

Sie brachte kein Wort heraus, verneinte aber mit einem Kopfschütteln. Sie im Briefkasten zu finden, wäre denn doch zu viel für Richard. Sie wußte, daß Robert verstand. Er nickte.

Der kleine Laster fuhr rückwärts in den Hof, knirschte über den Kies, scheuchte die Hühner unter den Reifen hervor. Jack jagte eines von ihnen bellend in den Geräteschuppen.

Robert Kincaid winkte ihr durch das offene Fenster auf der Beifahrerseite zu. Sie sah den Blitz der Sonne auf seinem silbernen Armkettchen. Die obersten beiden Knöpfe seines Hemdes standen offen.

Er rollte auf die Zufahrt und diese hinunter. Francesca kam in dem Versuch, etwas zu sehen, kaum mit dem Wischen nach; die Sonne machte seltsame Prismen aus ihren Tränen. Wie schon am ersten Abend, als sie sich kennengelernt hatten, eilte sie zum Kopf der Zufahrt und sah den alten Pickup davonholpern. Am Ende des Sträßchens hielt der Fahrer an, die Tür ging auf, und er trat auf das Trittbrett. Er konnte sie sehen, hundert Meter weiter hinten; sie wirkte klein aus dieser Entfernung.

Er stand da und starrte sie an. Keiner von beiden bewegte sich; sie hatten sich bereits verabschiedet. Dreißig Sekunden lang stand er so da, ohne daß seinen Fotografenaugen auch nur das geringste entging, sie machten sich ein Bild, das er nie wieder verlieren sollte.

Er schloß die Tür, schaltete knirschend und weinte wieder, als er links auf die Landstraße nach Winterset bog. Er schaute noch einmal zurück, kurz bevor ein Wäldchen am nordwestlichen Rand der Farm ihm die Sicht versperrte, und sah sie mit gekreuzten Beinen, den Kopf in den Händen, am Ende der Zufahrt im Staub sitzen.

Richard und die Kinder kamen am frühen Abend zurück, voller Geschichten über die Ausstellung und das Band, das der Ochse vor seinem Verkauf an den Schlachter gewonnen hatte. Carolyn stand, kaum angekommen, schon am Telefon. Da Freitag war, fuhr Michael mit dem Pickup in die Stadt, um zu tun, was siebzehnjährige Jungs Freitagabend so taten – vor allem auf dem Stadtplatz herumhängen, sich unterhalten und den Mädchen etwas zurufen, die im Auto

vorbeifuhren. Richard machte den Fernseher an, sagte Francesca dabei, wie gut der Maisfladen sei, den er mit Butter und Ahornsirup aß.
Sie setzte sich auf die Schaukel auf der Veranda. Richard kam um zehn, nachdem seine Sendung vorbei war, zu ihr heraus. Er streckte sich und sagte: »Tut wirklich gut, wieder daheim zu sein.« Dann, mit einem Blick auf sie: »Fehlt dir was, Frannie? Du scheinst mir 'n bißchen müde oder verträumt oder so.«
»Nein, mir geht's gut, Richard. Schön, euch wieder gesund und munter daheim zu haben.«
»Na denn, ich hau mich dann mal aufs Ohr; war eine lange Woche auf der Ausstellung, und ich bin hundemüde. Kommst du, Frannie?«
»Noch nicht gleich. Es ist irgendwie so schön hier draußen, ich glaub, ich bleibe noch ein Weilchen sitzen.« Sie war müde, aber sie hatte auch Angst, daß Richard nach Sex sein könnte. Damit wäre sie an diesem Abend einfach nicht fertig geworden.
Sie konnte ihn im Schlafzimmer herumlaufen hören, genau über der Stelle, wo sie, die bloßen Füße auf dem Verandaboden, vor sich hin schaukelte. Von der anderen Seite des Hauses hörte sie Carolyns Radio.
Sie mied während der nächsten Tage die Stadt, sich schmerzlich der Tatsache bewußt, daß Robert Kincaid nur einige Kilometer weit weg war.

Ehrlich gesagt, glaubte sie nicht, daß sie sich beherrschen könnte, wenn sie ihn sah. Womöglich rannte sie auf ihn zu und sagte ihm: »Jetzt! Sofort! Wir müssen auf der Stelle los!« Sie hatte sich allen Risiken zum Trotz mit ihm an der Cedar Bridge getroffen; ihn allerdings jetzt noch einmal zu sehen, wäre ihr denn doch zu riskant gewesen.

Dienstag dann begannen die Lebensmittel knapp zu werden, und Richard brauchte ein Ersatzteil für den Maispflücker, den er gerade wieder auf Vordermann brachte. Der Tag hing tief über dem Land, es hatte sich eingeregnet, es war leicht nebelig und zu kühl für August.

Richard besorgte sich sein Ersatzteil und trank mit den anderen Männern im Café eine Tasse Kaffee, während sie die Lebensmittel einkaufte. Er kannte ihren Zeitplan und erwartete sie schon vor dem Supermarkt, als sie fertig war. Er sprang aus dem Wagen, mit seiner Allis-Chalmers-Mütze auf dem Kopf, und half ihr, die Tüten im Wagen zu verstauen, auf dem Sitz und um ihre Knie herum. Und sie mußte dabei an Stative und Rucksäcke denken.

»Ich muß noch rauf zur Maschinenvertretung. Ich hab da noch ein Teil vergessen, das ich womöglich brauche.«

Sie fuhren Richtung Norden auf der Bundesstraße 169, die zugleich auch die Hauptstraße von Winterset war. Einen Block südlich von der Texaco-Tankstelle sah sie, mit klatschenden Scheibenwischern, Harry von den Zapfsäulen wegrollen und vor ihnen auf die Straße einbiegen.

Ihr Schwung brachte sie direkt hinter den alten Pickup, und da sie in ihrem Ford höher saßen, konnte sie, fest über die Ladefläche gezurrt, die schwarze Plane sehen, unter der sich, mit dem flachliegenden Ersatzreifen verkeilt, ein normaler und ein Gitarrenkoffer abzeichneten. Die Heckscheibe war regennaß, aber es war ein Teil seines Kopfes zu sehen. Er beugte sich vor, als wollte er etwas aus dem Handschuhfach nehmen; vor acht Tagen hatte sein Arm bei dieser Bewegung ihren Schenkel gestreift. Vor einer Woche war sie in Des Moines gewesen und hatte sich ein rosa Kleid gekauft.

»Ist ja 'ne ganze Ecke weg von daheim, der Laster da«, bemerkte Richard. »Washington. Sieht aus, als wär 'ne Frau am Steuer, oder jedenfalls einer mit langen Haaren. Wenn ich's mir recht überlege, also ich könnte wetten, daß das der Fotograf ist, von dem sie im Café geredet haben.«

Sie folgten Robert Kincaid einige Straßenzüge bis zur Kreuzung mit der ost-westlich verlaufenden 92. An den Ampeln hielt man vierspurig, und es herrschte in beiden Richtungen reger

Verkehr, der durch den Regen und den jetzt etwas dichteren Nebel noch komplizierter wurde. Etwa zwanzig Sekunden lang saßen sie da. Er vorneweg, vielleicht zehn Meter von ihr entfernt. Sie konnte noch immer. Sie brauchte nur auszusteigen, zu Harrys rechter Tür zu laufen und über die Rucksäcke, die Stative und die Kühlbox hinweg hineinzuklettern.

Seit Robert Kincaid letzten Freitag von der Farm gefahren war, hatte sie, trotzdem sie ihn über alles zu lieben glaubte, gemerkt, daß sie ihre Gefühle noch bei weitem unterschätzt hatte. Es schien ihr zwar nicht möglich, aber es war so. Sie begann langsam zu verstehen, was er schon an jenem Tag gewußt hatte.

Aber sie saß da, gelähmt von ihrer Verantwortung, und starrte auf die kleine Heckscheibe, wie sie in ihrem ganzen Leben noch nichts angestarrt hatte. Sein rechter Blinker leuchtete auf. Noch einen Augenblick, und er wäre verschwunden. Richard drehte am Radio des Ford.

Sie begann die Szene in Zeitlupe zu sehen, einer jener merkwürdigen Tricks, die einem der Verstand so spielen kann. Er bekam Grün und steuerte Harry ... langsam ... auf die Kreuzung – sie konnte sich seine langen Beine vorstellen, wie sie Kupplung und Gas bedienten, die Muskeln an seinem rechten Unterarm, die sich beim Schalten spannten – und bog links ab auf die 92

in Richtung auf Council Bluffs und die Black Hills, sein Ziel der Nordwesten ... langsam ... langsam zog der alte Pickup seine Kurve ... unendlich langsam rollte er über die Kreuzung, bis er seine Nase nach Westen schob.
Mit zusammengekniffenen Augen durch Tränen, Regen und Nebel spähend, konnte sie kaum noch die verblichene rote Farbe an der Tür ausmachen: »Kincaid, Photographie – Bellingham, Washington.«
Er hatte sein Fenster heruntergelassen, um beim Abbiegen mit den schlechten Sichtverhältnissen zu Rande zu kommen. Er fuhr um die Ecke, und sie konnte sein Haar im Wind wehen sehen, als er auf der 92, Richtung Westen, beschleunigte und dabei das Fenster wieder hochkurbelte.
»Oh, Gott – um Gottes willen ... nein!« Sie sprach die Worte nicht aus. »Ich habe einen Fehler gemacht, Robert, es war falsch von mir hierzubleiben ... aber ich kann nicht weg ... Laß mich es dir noch mal sagen ... warum ich nicht weg kann ... Sag mir noch mal, warum ich gehen sollte.«
Und sie hörte seine Stimme den Highway herunter zurückkommen. »In einem Universum voller Zweideutigkeit begegnet einem eine derartige Gewißheit nur einmal und dann nie wieder, egal wie viele Leben man lebt.«
Richard steuerte den Ford über die Kreuzung in

Richtung Norden. Einen Augenblick lang schaute sie an seinem Gesicht vorbei hinter Harrys roten Hecklichtern her, die in Regen und Nebel verschwanden.

»Auf Wiedersehen, Robert Kincaid«, flüsterte sie und begann, ganz unverhohlen, zu weinen.

Richard sah zu ihr herüber. »Was ist denn, Frannie? Würdest du mir bitte sagen, was mit dir nicht stimmt?«

»Richard, ich brauch nur ein bißchen Zeit für mich allein. In ein paar Minuten bin ich wieder in Ordnung.«

Richard schaltete die mittägliche Viehbörse ein, sah sie noch einmal an und schüttelte dann den Kopf.

Asche

Im
Madison County
war es Nacht geworden. Es war 1987,
Francescas siebenundsechzigster Geburtstag.
Sie lag seit zwei Stunden auf ihrem Bett.
Nach zweiundzwanzig Jahren noch konnte sie
alles spüren, sehen, riechen, hören.
Sie hatte daran zurückgedacht,
immer und immer wieder.
Das Bild jener beiden roten Rücklichter,

die sich in Regen und Nebel auf der Staatsstraße 92 in Richtung Westen bewegten, hatte sie über zwei Jahrzehnte hindurch verfolgt. Sie berührte ihre Brüste und spürte dabei seine Brustmuskeln über sie hinwegstreichen. Gott, sie liebte ihn so sehr. Hatte ihn damals schon mehr geliebt, als sie es je für möglich gehalten hätte, und liebte ihn jetzt mehr denn je. Sie hätte alles für ihn getan, außer ihre Familie kaputtzumachen und damit womöglich auch ihn selbst.

Sie ging die Treppe hinunter und setzte sich an den alten Küchentisch mit der gelben Resopalplatte. Richard hatte einen neuen gekauft, er hatte darauf bestanden. Aber sie hatte darum gebeten, daß man den alten in einen Schuppen stellte, und hatte ihn vorsichtig in Plastik gepackt, bevor man ihn wegräumte.

»Ich versteh nicht, warum du an dem alten Tisch da so hängst«, hatte er sich beklagt, während er ihr beim Wegstellen half. Nachdem Richard gestorben war, hatte Michael ihr den Tisch wieder ins Haus gebracht, ohne auch nur ein einziges Mal zu fragen, warum sie lieber diesen statt des neueren haben wollte. Er hatte sie nur fragend angesehen. Sie hatte nichts gesagt.

Jetzt setzte sie sich an den Tisch. Dann trat sie an den Schrank und nahm zwei weiße Kerzen auf kleinen Messingständern heraus. Sie zündete die Kerzen an und schaltete das Radio ein,

drehte so lange, bis sie leise Musik gefunden hatte. Lange stand sie dann an der Spüle, den Kopf leicht nach hinten geneigt, weil sie ihm ins Gesicht blickte, und flüsterte: »Ich erinnere mich an dich, Robert Kincaid. Vielleicht warst du wirklich der letzte. Vielleicht sind die Cowboys tatsächlich am Aussterben.«
Vor Richards Tod hatte sie Kincaid nicht ein einziges Mal geschrieben oder anzurufen versucht, obwohl jahrelang Tag für Tag nicht viel dazu gefehlt hatte. Hätte sie nur einmal mit ihm gesprochen, sie wäre zu ihm gegangen. Hätte sie ihm nur einmal geschrieben, sie wußte, er wäre sie holen gekommen. So nahe dran waren sie beide gewesen. Auch er hatte sich all die Jahre nicht mehr gemeldet, nicht mehr, seitdem er ihr das eine Päckchen mit den Fotos und dem Manuskript geschickt hatte. Sie wußte, er verstand ihre Gefühle, verstand, welche Komplikationen er in ihr Leben bringen könnte.
Sie abonnierte, noch im September 1965, den *National Geographic.* Der Artikel über die überdachten Brücken erschien im Jahr darauf, und da hatte sie sie dann, die Roseman Bridge im warmen Licht des frühen Morgens, jenes Morgens, an dem er ihren Zettel gefunden hatte. Das Titelbild stammte von ihm: ein Pferdegespann, das einen Wagen auf die Hogback Bridge zu zog. Auch der Text des Artikels war von ihm.

Auf der letzten Seite des Magazins waren Autoren und Fotografen aufgeführt, gelegentlich auch mit Bild. Hin und wieder gab es auch eines von ihm. Immer noch mit dem langen Silberhaar, dem Kettchen am Arm, in Jeans oder Khaki, seine Kameras über die Schultern gehängt; an seinen Unterarmen traten die Venen hervor. In der Kalahari, vor den Mauern des indischen Dschaipur, in einem Kanu in Guatemala, im Norden von Kanada.

Sie schnitt sie sich aus und bewahrte sie zusammen mit der Nummer über die überdachten Brücken, dem Manuskript, den beiden Fotos und seinem Brief in dem großen braunen Umschlag auf. Den Umschlag legte sie in ihrer Kommode zwischen ihre Unterwäsche, an einen Ort also, an dem Richard nie und nimmer nach etwas suchen würde. Und wie eine ferne Beobachterin, die ihn über die Jahre hinweg verfolgte, sah sie Robert Kincaid altern.

Das Grinsen war ihm geblieben, selbst der hochaufgeschossene, hagere Körper mit seinen festen Muskeln. Aber sie sah es an den Falten um seine Augen, dem fast unmerklichen Absacken seiner kräftigen Schultern, dem langsamen Fallen seiner Züge. Sie sah es. Sie hatte diesen Körper genauer studiert als irgend sonst etwas in ihrem Leben, genauer noch als ihren eigenen. Und sein Älterwerden ließ sie, wenn das überhaupt möglich war, sich mehr denn je nach ihm sehnen. Sie vermutete – nein, sie wußte –, er war allein. Und das war er auch.

Bei Kerzenlicht, am Tisch, studierte sie die ausgeschnittenen Fotos. Von fernen Orten her sah er sie an. Sie kam zu dem speziellen Bild aus einer Ausgabe von 1967. Er kauerte in der Hocke an einem Fluß in Ostafrika, mit dem Gesicht zur Kamera, ganz nah an ihr dran, bereitete sich darauf vor, selbst irgend etwas zu fotografieren.

Als sie dieses Foto das erste Mal gesehen hatte, war ihr aufgefallen, daß an dem Silberkettchen um seinen Hals jetzt ein kleines Medaillon hing. Michael war damals weg auf dem College, und nachdem Richard und Carolyn zu Bett gegangen waren, hatte sie sich das Vergrößerungsglas geholt, durch das Michael als kleiner Junge seine Briefmarken betrachtet hatte, und hielt es vor das Foto.

»Mein Gott«, hauchte sie. Auf dem Medaillon stand »Francesca«. Es war dies seine einzige und obendrein eine sehr kleine Indiskretion, und sie vergab sie ihm lächelnd. Auf allen späteren Fotos war stets dieses Medaillon an dem Silberkettchen zu sehen. Nach 1975 sah sie ihn in der Zeitschrift nicht mehr. Auch sein Name fand sich nicht mehr. Sie durchsuchte jede Nummer, konnte aber nichts finden. Zweiundsechzig wäre er in jenem Jahr gewesen.

Als Richard 1979 starb, als die Beerdigung vorbei und die Kinder wieder fortgefahren waren, dachte sie daran, Robert Kincaid anzurufen. Er wäre damals sechsundsechzig gewesen; sie war neunundfünfzig. Auch wenn sie vierzehn Jahre verloren hatten, es wäre noch immer Zeit gewesen. Sie brütete eine Woche lang darüber, nahm schließlich die Nummer von seinem Briefkopf und wählte sie.

Ihr wäre fast das Herz stehengeblieben, als das Telefon zu klingeln begann. Sie hörte, wie jemand abhob, und hätte fast wieder aufgelegt. Eine Frauenstimme sagte: »McGregor, Versicherungen.« Ihre Kräfte verließen sie, aber sie erholte sich genug, um die Sekretärin zu fragen, ob sie sich wohl verwählt hätte. Hatte sie nicht. Francesca dankte ihr und legte auf.

Als nächstes versuchte sie es bei der Auskunft in Bellingham, Washington. Kein Eintrag. Sie versuchte es in Seattle. Nichts. Dann bei der Handelskammer in Bellingham und Seattle. Sie bat sie, Handelsregister und Adressenverzeichnis durchzugehen, aber er stand nicht drin. Er könnte überall sein, dachte sie.

Ihr fiel die Zeitschrift ein; er hatte doch gesagt, sie könnte dort anrufen. Die Dame am Empfang war höflich, aber neu und konnte ihr die Frage allein nicht beantworten. Francesca wurde dreimal weiterverbunden, bevor sie schließlich ei-

nen Redakteur an der Leitung hatte, der schon seit zwanzig Jahren bei der Zeitschrift war. Sie fragte nach Robert Kincaid.
Selbstverständlich erinnerte der Redakteur sich an ihn. »Sie versuchen wohl, ihn ausfindig zu machen, was? Er war ein saumäßig guter Fotograf, wenn Sie den Ausdruck entschuldigen wollen. Und ein Streithammel! Nicht unangenehm, aber hartnäckig. Ihm ging es immer um die Kunst an sich, und das schlägt bei unseren Lesern nun mal nicht unbedingt ein. Unsere Leser wollen nette Fotos, gut gemachte Fotos, aber keine allzu ausgefallenen Sachen.
Wir haben immer gesagt, Kincaid wäre so ein bißchen merkwürdig; es kannte ihn ja keiner von uns so recht außerhalb der Arbeit, die er für uns machte. Aber er war ein Profi. Den konnten wir hinschicken, wo wir wollten, der lieferte, auch wenn ihm die Entscheidungen der Redaktion meist nicht paßten. Was seinen Aufenthaltsort anbelangt, also ich bin hier während unserer Unterhaltung unsere Kartei durchgegangen. Er hat die Zeitschrift 1975 verlassen. Die Adresse und Telefonnummer, die ich hier habe, lautet...« Er las vor, was Francesca bereits hatte.
Danach gab sie es auf, vor allem, weil sie Angst vor dem hatte, was sie womöglich entdeckte.
Sie ließ sich gehen, gestattete sich immer öfter, an Robert Kincaid zu denken. Sie fuhr noch

immer gut genug Auto, um mehrere Male im Jahr nach Des Moines zu fahren und in dem Restaurant zu essen, in das er sie ausgeführt hatte. Auf einem dieser Ausflüge kaufte sie sich ein in Leder gebundenes Buch mit leeren Seiten. Und auf diesen Seiten begann sie in hübscher, sauberer Handschrift die Einzelheiten ihrer Affäre mit ihm und ihre Gedanken über ihn niederzuschreiben. Es bedurfte fast dreier solcher Bücher, bevor sie ihre Aufgabe zu ihrer eigenen Zufriedenheit erledigt hatte.

Winterset machte sich. Man hatte einen rührigen Kunstkreis, zum größten Teil Frauen, und sprach schon seit einigen Jahren davon, die alten Brücken zu restaurieren. Interessante junge Leute bauten sich Häuser in den Hügeln. Man wurde etwas toleranter; lange Haare waren kein Grund mehr, jemanden anzustarren, obwohl man nach wie vor kaum einen Mann in Sandalen sah und Dichter ziemlich dünn gesät waren.

Dennoch zog sie sich, von einigen Freundinnen abgesehen, fast ganz aus dem Leben der Gemeinde zurück. Die Leute redeten darüber und daß sie sie oft an der Roseman Bridge und zuweilen auch an der Cedar Bridge stehen sahen. Alte Leute würden ja nicht selten schrullig, sagten sie und gaben sich mit dieser Erklärung zufrieden.

Am zweiten Februar 1982 rollte ein Lieferwagen

von UPS ihre Zufahrt herauf. Sie konnte sich nicht erinnern, etwas bestellt zu haben. Verwundert quittierte sie den Erhalt des Pakets und warf einen Blick auf die Anschrift: »Francesca Johnson, RR 2, Winterset, Iowa 50273.« Der Absender war eine Anwaltskanzlei in Seattle.

Das Paket war sauber verpackt und zusätzlich versichert. Sie setzte es auf dem Küchentisch ab und öffnete es vorsichtig. Sie fand drei Kartons, stoßsicher in Styroporflocken verpackt. Mit Klebstreifen am obersten Karton befestigt, fand sie einen kleinen wattierten Umschlag. An einen anderen geklebt fand sie einen an sie adressierten Geschäftsumschlag mit dem Absender der Kanzlei.

Sie entfernte den Klebstreifen von dem Geschäftsumschlag und öffnete ihn mit zitternden Händen.

23. Januar 1982

Ms. Francesca Johnson
RR 2
Winterset, IA 50273

Sehr geehrte Ms. Johnson,
In unserer Eigenschaft als Testamentsvollstrecker des kürzlich verschiedenen Robert L. Kincaid...

Francesca legte den Brief auf den Tisch. Draußen wirbelte der Schnee über die wintrigen Felder. Sie sah zu, wie er über die Stoppeln fegte, Maishülsen mitnahm und sie gegen die Eckpfosten der Drahtzäune häufte. Sie las die Worte ein zweites Mal.

In unserer Eigenschaft als Testamentsvollstrecker des kürzlich verschiedenen Robert L. Kincaid...

»Oh, Robert... Robert... Nein.« Sie sagte das leise und senkte den Kopf dabei.

Eine Stunde später war sie in der Lage weiterzulesen. Die nüchterne Rechtssprache, die Präzision dieser Worte machten sie wütend.

»In unserer Eigenschaft...«

Ein Anwalt, der seine Pflichten einem Klienten gegenüber erfüllte.

Aber die geheimnisvollen Kräfte, der Leopard, der auf dem Schweif eines Kometen in ihr Leben geritten war, der Schamane, der eines heißen Augusttages nach der Roseman Bridge gefragt hatte, der Mann, der auf dem Trittbrett seines Lasters gestanden und sie im Staub einer Farmzufahrt in Iowa hatte sterben sehen – wo war er in diesen Worten?

... teilen wir Ihnen mit, daß nur ein einziges, auf den 8. Juli 1967 datiertes Testament existiert. Oben Genannter hat darin ausdrücklich angeordnet, Ihnen beiliegende Gegenstände zukommen zu lassen. Im Falle Ihrer Unauffindbarkeit sollten diese Dinge eingeäschert werden.

Ebenfalls beiliegend, in dem mit der Aufschrift »Brief« gekennzeichneten Karton, ist eine Nachricht an Sie, die er im Jahre 1978 bei uns hinterlegt hat. Besagter Umschlag wurde von ihm versiegelt und ist seither ungeöffnet geblieben.

Mr. Kincaids sterbliche Überreste wurden eingeäschert. Auf seinen eigenen Wunsch hin wurde kein Grabstein aufgestellt. Seine Asche wurde, gleichfalls auf seinen Wunsch, an einem Ort in der Nähe Ihres Wohnsitzes verstreut. Meines Wissens nannte sich die Örtlichkeit Roseman Bridge.

Falls wir Ihnen weiter zu Diensten sein können, bitte zögern Sie nicht, es uns wissen zu lassen.

Mit freundlichen Grüßen,
Allen B. Quippen,
Rechtsbeistand

Sie hielt den Atem an, trocknete einmal mehr ihre Augen und machte sich daran, den restlichen Inhalt des Pakets durchzugehen.

Sie wußte, was in dem kleinen wattierten Umschlag war. Sie wußte es mit derselben Sicher-

heit, mit der sie wußte, daß auch dieses Jahr der Frühling sich einstellen würde. Sie machte ihn vorsichtig auf und griff hinein. Zum Vorschein kam die silberne Kette. Auf dem verkratzten Medaillon las sie »Francesca«. Auf der Rückseite stand, in wirklich winzigen Buchstaben, eingraviert: »An den Finder: Bitte an Francesca Johnson, RR 2, Winterset, Iowa, USA.«
Sein silbernes Armkettchen lag in Seidenpapier gewickelt auf dem Grund des Umschlags. Mit eingewickelt war ein Zettel. Darauf stand – in ihrer eigenen Handschrift:

Falls Ihnen nach einem weiteren Abendessen ist, »wenn weiße Nachtfalter wach werden«, dann kommen Sie doch heute abend nach der Arbeit vorbei.

Ihre Nachricht von der Roseman Bridge. Selbst sie hatte er sich für seine Erinnerungen aufbewahrt.
Dann fiel ihr ein, daß das hier das einzige gewesen war, was er, abgesehen von einigen vergänglichen Bildern auf der langsam verrottenden Emulsion eines Films, von ihr gehabt hatte, sein einziger Beweis für ihre Existenz. Ihre kleine Botschaft von der Roseman Bridge. Sie war fleckig und leicht gebogen, so als hätte er sie lange Zeit in einem Geldbeutel herumgetragen.

Sie überlegte, wie oft er sie im Laufe der Jahre wohl gelesen haben mochte, weit, weit weg von den Hügeln am Middle River. Sie konnte sich vorstellen, wie er sich den Zettel im spärlichen Licht einer Leselampe auf einem Direktflug nach weiß Gott wohin vor die Augen hielt, wie er ihn, auf dem Boden einer Bambushütte im Tigerland sitzend, im Schein einer Taschenlampe las, wie er ihn an einem verregneten Abend in Bellingham zusammenfaltete und wegsteckte, um sich dann die Fotos einer Frau anzusehen, die sich an einem Sommermorgen gegen einen Zaunpfosten lehnte oder bei Sonnenuntergang unter dem Dach einer Brücke hervorkam.

Die drei Kartons enthielten je eine Kamera mit einem Objektiv. Sie waren verbeult und verkratzt. Sie drehte eine um und las »Nikon« auf dem Sucher und, in der linken Ecke des Schriftzugs, den Buchstaben *F*. Es war die Kamera, die sie ihm an der Cedar Bridge gereicht hatte.

Schließlich öffnete sie seinen Brief an sie. Er war handschriftlich und auf seinem Briefpapier abgefaßt. Datiert war er auf den 16. August 1978.

Liebe Francesca,

ich hoffe, dieser Brief erreicht Dich bei bester Gesundheit. Ich weiß nicht, wann Du ihn erhalten wirst. Einige Zeit, nachdem ich nicht mehr bin. Ich bin jetzt fünfundsechzig, und es sind auf den

Tag genau sechzehn Jahre, daß wir einander begegnet sind, als ich Deine Zufahrt hinaufkam, um nach dem Weg zu fragen.
Ich gehe mit meinem Paket ein Risiko ein, und ich kann nur hoffen, daß es keinen Unfrieden in Dein Leben bringt. Ich kann nur einfach den Gedanken nicht ertragen, daß die Kameras im Schaukasten für Gebrauchtes oder in der Hand irgendeines Fremden landen. Sie werden ziemlich übel zugerichtet sein, bis Du sie bekommst. Aber ich habe nun mal niemanden sonst, dem ich sie hinterlassen könnte, und ich entschuldige mich dafür, das Risiko einzugehen, sie Dir zu schicken.
Ich war zwischen 1965 und 1975 fast ununterbrochen unterwegs. Zum Teil schon allein deswegen, um der Versuchung zu widerstehen, Dich anzurufen oder Dich holen zu kommen, eine Versuchung, die ich praktisch jeden wachen Augenblick meines Lebens verspüre, habe ich jeden Auftrag in Übersee angenommen, den ich nur kriegen konnte. Es hat Zeiten gegeben, und nicht zu knapp, da habe ich mir gesagt: »Zum Teufel damit, ich gehe nach Iowa und hole Francesca, koste es, was es wolle, aus Winterset fort.«
Aber ich muß immer an Deine Worte denken, und ich respektiere Deine Gefühle. Vielleicht hattest Du recht, ich könnte es beim besten Willen nicht sagen. Alles, was ich weiß, ist, daß an jenem heißen Freitagvormittag von Deinem Hof zu fahren

mir schwerergefallen ist als alles, was ich meiner Lebtag getan habe oder tun werde. Ehrlich gesagt, ich glaube nicht, daß überhaupt je einem Menschen etwas schwerergefallen ist.

Ich bin 1975 vom National Geographic *weg und mache den Rest meiner Jahre als Fotograf meist nur das, was ich will. Nehme hier und da Arbeit an, wenn was zu haben ist, in der Gegend oder am Ort, Jobs, bei denen ich schlimmstenfalls für zwei, drei Tage weg muß. Es ist mir finanziell nicht gerade rosig gegangen, aber ich schlage mich so durch. Wie immer.*

Den Großteil meiner Arbeit mache ich hier um den Puget Sound. Das ist mir am liebsten. Es hat fast den Anschein, als würde es Männer mit zunehmendem Alter ans Wasser ziehen.

Ach ja, ich habe jetzt auch einen Hund, einen Golden Retriever. Ich nenne ihn »Highway«, und er begleitet mich auf den meisten meiner Reisen, den Kopf zum Fenster rausgesteckt, auf der Suche nach guten Motiven.

1972 bin ich im Acadia National Park in Maine von einer Klippe gefallen und habe mir den Knöchel gebrochen. Das Kettchen mit dem Medaillon ist mir dabei abgerissen. Glücklicherweise ist es in der Nähe gelandet. Ich habe es wiedergefunden, und ein Juwelier hat es mir repariert.

Ich lebe mit Staub auf dem Herzen. Anders kann ich es einfach nicht nennen. Es hat vor Dir andere

Frauen gegeben, die eine oder andere, aber keine danach. Nicht daß ich mich bewußt dem Zölibat verschrieben hätte, ich bin einfach nicht interessiert.

Ich habe einmal eine kanadische Gans beobachtet, deren Lebenspartner von Jägern abgeschossen worden war. Gänse tun sich nämlich fürs Leben zusammen. Der Ganter ist tagelang um den Weiher geflogen, und selbst dann war noch nicht Schluß. Als ich ihn das letzte Mal sah, schwamm er durch den wilden Reis, immer noch auf der Suche. Ich fürchte, eine solche Analogie ist ein bißchen zu offensichtlich, um literarischen Wert zu haben, aber es trifft so ziemlich das, was ich empfinde.

An nebeligen Morgen oder an Nachmittagen, wenn die Sonne im Nordwesten ins Meer fällt, versuche ich mir auszumalen, wo Du gerade bist in Deinem Leben und was Du wohl gerade machst, während ich an Dich denke. Nichts Kompliziertes – Du gehst in den Garten, sitzt auf der Schaukel auf Deiner vorderen Veranda, stehst an der Spüle in Deiner Küche. Und so fort.

Ich erinnere mich noch an jede Einzelheit. An Deinen Geruch. Du hast nach Sommer gerochen. Wie sich Deine Haut auf der meinen angefühlt hat. Dein Flüstern, als ich Dich geliebt habe.

Robert Penn Warren sprach einmal von »einer anscheinend gottverlassenen Welt«. Nicht schlecht,

das kommt dem, wie ich zuweilen fühle, ziemlich nahe. Ich tue mir nicht gern selbst leid. Das ist mir fremd. Und die meiste Zeit über ist das ja auch nicht der Fall. Ich bin vielmehr dankbar, Dich überhaupt gefunden zu haben. Schließlich hätten wir ja auch wie zwei Staubkörnchen aus dem All aneinander vorbeizischen können.
Gott oder das Universum oder wie immer man die großen Systeme, die für Balance und Ordnung sorgen, nennen will, erkennen die Erdenzeit nicht an. Dem Universum sind vier Tage dasselbe wie vier Milliarden Lichtjahre. Ich versuche immer, mir das vor Augen zu halten.
Aber andererseits bin ich nun mal ein Mensch. Und ich kann mir so viele philosophische Erklärungen zurechtlegen, wie ich nur will, sie können nicht verhindern, daß ich Dich will, tagein, tagaus, jeden Augenblick, und tief in meinem Kopf ständig das unbarmherzige Heulen der Zeit, einer Zeit, die ich nie und nimmer mit Dir verbringen kann.
Ich liebe Dich, innig und von ganzem Herzen. Und das werde ich immer tun.

Der letzte Cowboy.
Robert

P. S. Ich habe Harry letzten Sommer einen neuen Motor eingebaut, und es geht ihm prima.

Das Paket war vor fünf Jahren gekommen. Und sich seinen Inhalt anzusehen war Teil ihres alljährlichen Geburtstagsrituals geworden. Sie bewahrte die Kameras, das Armband und die Kette mit dem Medaillon in einer speziellen Kiste im Schrank auf. Ein Schreiner am Ort hatte sie ihr nach ihren Angaben gemacht, aus Walnußholz, staubdicht und mit gepolsterten Fächern. »Die reinste Luxustruhe«, hatte er gesagt. Francesca hatte nur gelächelt.

Den letzten Teil des Rituals bildete das Manuskript. Sie las es immer bei Kerzenlicht, gegen Ende des Tages. Sie nahm es mit aus dem Wohnzimmer und legte es behutsam auf das gelbe Resopal, neben eine Kerze, steckte sich die eine Zigarette an, die sie im Jahr rauchte, eine Camel, nahm einen Schluck Brandy und begann zu lesen.

Sturz aus der Dimension Z

Robert Kincaid

Es gibt alte Winde, die verstehe ich heute noch nicht, und das, obwohl ich doch schon, seit Anbeginn aller Zeiten, wie es scheint, auf ihren gekräuselten Kämmen dahinreite. Ich bewege mich in der Dimension Z; die Welt spiegelt sich woanders ab, in einer anderen Scheibe des Ganzen, parallel zu mir. Als würde ich sie, die Hände in den Hosentaschen, leicht vornübergebeugt, durch das Schaufenster eines Kaufhauses sehen – von außen.

In der Dimension Z gibt es merkwürdige Augenblicke. Ich komme westlich von Magdalena, New Mexico, um eine lange, verregnete Kurve, der Highway wird zu einem Fußweg, der Fußweg zu einem Wildwechsel. Eine Bewegung meiner Scheibenwischer, und der Wildwechsel wird zu einer Waldlichtung, auf die nichts und niemand je einen Fuß gesetzt hat. Ein weiterer Wischer, und es geht noch weiter zurück. Ins Eis diesmal. In Felle gehüllt bewege ich mich durch kurzes Gras, mein Haar ist verfilzt, ich habe einen Speer in der Hand, ich bin dünn und hart wie das Eis um mich, nichts als Muskeln und unerbittliche Gerissenheit. Nach dem Eis, noch weiter zurück auf dem Maß der Dinge, schwimme ich, geschuppt und bekiemt, in tiefem Salzwasser. Mehr als das kann ich nicht sehen, außer daß jenseits des Planktons die Ziffer Null erscheint.

Euklid hat nicht immer recht gehabt. Er vermutete eine Parallelität bei gleichzeitiger Konstanz bis zum Ende aller Dinge; aber es besteht auch die Möglichkeit einer nicht-euklidischen Art der Existenz, wo die Linien irgendwo weit draußen aufeinandertreffen. In einem Fluchtpunkt. Die

Illusion der Konvergenz. Ich weiß jedoch, daß es mehr ist als nur eine Illusion. Hin und wieder ist so ein Aufeinandertreffen möglich, das Überschwappen einer Realität in eine andere. Eine Art sanfte Verknüpfung. Kein pedantisches Flechtwerk von den Webstühlen einer bis ins Letzte präzisen Welt, nein, kein Schiffchen stört hier die Ruhe. Nur... na ja... ein Atmen. Ja, genauso hört es sich an, fühlt es sich vielleicht sogar an. Nach Atmen. Und ich bewege mich langsam über diese andere Realität, über sie, neben ihr, unter ihr und um sie herum, immer mit Stärke, immer mit Kraft, aber immer gebe ich mich ihr dabei. Und das andere spürt das, kommt mir mit seiner eigenen Kraft entgegen, gibt sie mir im Austausch für die meine.
Irgendwo in diesem Atmen erklingt Musik, dann beginnt der merkwürdige spiralige Reigen mit einem ganz eigenen Taktmaß, das den Eismenschen mit dem Speer und dem verfilzten Haar beschwichtigt. Und langsam – sich im Adagio drehend und wendend, immer adagio – fällt der Eismensch... aus der Dimension Z... und in sie hinein.

Am Ende ihres siebenundsechzigsten Geburtstages, nachdem es aufgehört hatte zu regnen, legte Francesca den braunen Umschlag wieder in den untersten Schub des Schreibtisches. Sie hatte sich nach Richards Tod dazu entschlossen, ihn in ihrem Bankschließfach aufzubewahren, holte ihn jedoch jedes Jahr um diese Zeit für ein paar Tage nach Hause. Der Deckel der Walnußtruhe schloß sich über den Kameras, und die Truhe kam wieder auf das Brett in ihrem Schlafzimmerschrank.

Am Nachmittag schon hatte sie der Roseman Bridge einen Besuch abgestattet. Jetzt trat sie auf die Veranda hinaus, wischte mit einem Handtuch die Schaukel trocken und setzte sich. Es war kalt, aber sie würde trotzdem, wie immer, einige Minuten hier verweilen. Dann ging sie ans Gatter im Zaun um den Hof und stand eine Weile da. Dann an den Kopf der Zufahrt. Noch zweiundzwanzig Jahre danach sah sie ihn aus seinem Laster steigen, am Spätnachmittag, auf der Suche nach dem richtigen Weg; sie sah Harry auf die Landstraße zuholpern, dann anhalten, und Robert Kincaid auf dem Trittbrett stehen und die Zufahrt heraufschauen.

Ein Brief von Francesca

Francesca
Johnson starb im Januar 1989.
Sie wurde neunundsechzig Jahre alt.
Robert Kincaid wäre in diesem Jahr
sechsundsiebzig geworden. Sie starb,
laut Totenschein, eines »natürlichen« Todes.
»Sie ist einfach gestorben«,
sagte der Arzt zu Michael und Carolyn.
»Um ehrlich zu sein, wir stehen da
vor einem kleinen Rätsel.

Wir können keine spezielle Todesursache feststellen. Eine Nachbarin hat sie über dem Küchentisch zusammengesunken aufgefunden.«

1982 hatte sie in einem Brief an ihren Anwalt um eine Feuerbestattung gebeten, ihre Asche sollte bei der Roseman Bridge verstreut werden. Sich einäschern zu lassen war im Madison County nun sicher nicht an der Tagesordnung – man betrachtete es aus dem einen oder anderen undefinierbaren Grund als etwas radikal –, so daß ihr Wunsch sowohl im Café als auch an der Texaco-Tankstelle und in der Vertretung für landwirtschaftliche Maschinen zu ausgiebigen Diskussionen führte. Was mit der Asche geschah, verschwieg man der Öffentlichkeit.

Nach der Beisetzung fuhren Michael und Carolyn langsam hinaus zur Roseman Bridge und führten Francescas Anweisungen aus. Obwohl die Brücke ganz in der Nähe stand, so hatte sie für die Johnsons doch nie eine spezielle Bedeutung gehabt, und sie fragten sich, ja zerbrachen sich den Kopf darüber, warum jemand so Vernünftiges wie ihre Mutter etwas so Rätselhaftes tun sollte, warum sie nicht darum gebeten hatte, neben dem Vater ihrer Kinder begraben zu werden, wie das so üblich war.

Im folgenden machten sich Michael und Carolyn an das langwierige Sichten der Hinterlassenschaft, wobei sie auch den Inhalt des Bankschließfachs nach Hause holten, nachdem ein Anwalt ihn aus erbrechtlichen Gründen geprüft und dann freigegeben hatte.

Sie teilten den Inhalt des Schließfachs in zwei Häufchen und begannen diese durchzugehen. Der braune Umschlag befand sich in Carolyns Stapel, etwa am Ende des ersten Drittels. Sie war verblüfft, als sie ihn öffnete und den Inhalt herausnahm. Sie las Robert Kincaids Brief an Francesca aus dem Jahre 1965. Danach las sie den von 1978, dann den von seinem Anwalt aus dem Jahre 1982. Schließlich sah sie sich die Zeitschriftenausschnitte an.

»Michael.«

Er hörte ihre Überraschung am Ernst ihrer Stimme und hob sofort den Kopf. »Was gibt's denn?«

Carolyn hatte Tränen in den Augen, und ihre Stimme wurde brüchig. »Mutter hat einen Mann namens Robert Kincaid geliebt. Einen Fotografen. Weißt du noch, wie wir uns alle das *National Geographic*-Heft mit dem Artikel über die Brücken ansehen mußten? Er war derjenige, der die Fotos von den Brücken hier gemacht hatte. Und weißt du noch, wie die Kinder damals alle über den seltsamen Kerl mit den Kameras geredet haben? Das war er.«

Michael saß ihr gegenüber, seine Krawatte gelockert, den Kragen geöffnet. »Sag das noch mal, aber langsam. Ich kann's nicht glauben, hab ich das richtig verstanden?«

Nachdem er die Briefe gelesen hatte, durchsuchte Michael den Schrank unten und ging dann hinauf in Francescas Schlafzimmer. Die kleine Walnußtruhe war ihm vorher gar nicht aufgefallen. Er öffnete sie. Er trug sie hinunter an den Küchentisch. »Carolyn, hier sind seine Kameras.«

In eine Ecke der Truhe gesteckt befand sich ein versiegelter Umschlag mit ihren beiden Namen darauf. »Carolyn und Michael«, in Francescas Handschrift. Zwischen den Kameras lagen drei in Leder gebundene Notizbücher.

»Ich bin nicht sicher, ob ich das lesen kann, was in dem Umschlag hier ist«, sagte Michael. »Lies es laut vor, falls du es schaffst.«

Sie öffnete den Umschlag und las vor.

7. Januar 1987

Liebe Carolyn, lieber Michael,

Obwohl es mir gutgeht, denke ich, ist es doch an der Zeit, Ordnung in meine Angelegenheiten zu bringen (wie man so schön sagt). Es gibt da etwas sehr, sehr Wichtiges, was Ihr beide wissen müßt. Das ist der Grund, warum ich Euch das hier schreibe.

Nachdem Ihr das Bankschließfach durchgegangen seid und den an mich adressierten braunen

Umschlag mit dem Poststempel von 1965 gefunden habt, werdet Ihr sicher schließlich und endlich auch auf diesen Brief hier stoßen. Wenn es Euch möglich ist, dann setzt Euch bitte an den alten Küchentisch, um ihn zu lesen. Ihr werdet diese Bitte gleich verstehen.

Es fällt mir nicht leicht, meinen eigenen Kindern das hier zu schreiben, aber ich muß es einfach tun. Es gibt da etwas, das zu stark ist, zu schön, um mit mir zu sterben. Und wenn Ihr wissen sollt, wer Eure Mutter war, mit ihren guten und schlechten Seiten, dann müßt Ihr auch wissen, was ich Euch jetzt sage. Macht Euch auf etwas gefaßt.

Wie Ihr bereits entdeckt habt, hieß er Robert Kincaid. Er war Fotograf, und er war 1965 hier, um die überdachten Brücken zu fotografieren. Denkt nur daran, wie aufgeregt die ganze Stadt war, als die Bilder im National Geographic *erschienen. Vielleicht erinnert Ihr Euch noch daran, daß ich die Zeitschrift um diese Zeit abonniert habe. Nun kennt Ihr den Grund für mein plötzliches Interesse daran. Ich war übrigens bei ihm (ich habe eine seiner Kameras getragen), als das Foto von der Cedar Bridge entstand. Versteht mich nicht falsch, ich habe Euren Vater auf eine stille Art und Weise geliebt. Ich wußte das damals, ich weiß das heute. Er war gut zu mir und hat mir Euch beide geschenkt, die ihr mir so viel bedeutet. Vergeßt das nie.*

Aber Robert Kincaid war ganz anders, er war anders als alle Menschen, die ich je kennengelernt, von denen ich je in meinem ganzen Leben gehört oder gelesen habe. Ihn Euch ganz und gar verständlich zu machen ist unmöglich. Zunächst einmal seid Ihr nicht ich. Und zweitens hättet Ihr dabeisein müssen, hättet sehen müssen, wie er sich bewegte, hättet hören müssen, wie er von sich selbst als einer Sackgasse der Evolution sprach. Vielleicht werden die Notizbücher und die Ausschnitte Euch helfen, aber genügen werden auch sie nicht.

In gewissem Sinne war er nicht von dieser Welt. Klarer kann ich mich beim besten Willen nicht ausdrücken. Ich habe in ihm immer ein leopardengleiches Wesen gesehen, das auf dem Schweif eines Kometen auf die Erde geritten kam. Er hat sich so bewegt, sein Körper war so. Irgendwie verband er eine enorme Intensität mit Wärme und Freundlichkeit, und in gewissem Sinne hatte er etwas Tragisches. Er hatte das Gefühl, in einer Welt voller Computer und Roboter, überhaupt in einem bis ins Letzte organisierten Leben nichts mehr verloren zu haben. Er hat sich als einen der letzten Cowboys gesehen, wie er sich ausdrückte, und nannte sich altmodisch.

Das erste Mal, daß ich ihn gesehen habe, kam er vorbei, um nach dem Weg zur Roseman Bridge zu fragen. Ihr drei wart damals gerade auf der Land-

wirtschaftsausstellung in Illinois. Glaubt mir, ich war wirklich nicht auf der Suche nach Abenteuer. Nichts, was mir ferner gelegen hätte. Aber ich brauchte ihn nur fünf Sekunden anzusehen, und ich wußte, ich wollte ihn, wenn auch nicht so sehr, wie ich ihn später noch begehren sollte.

Und bitte haltet ihn nur nicht für einen Casanova, der herumlief und Mädchen vom Lande ausnutzte. Er war ganz und gar nicht so. Um es genau zu sagen, er war sogar etwas schüchtern, und ich hatte nicht weniger Anteil an dem, was passiert ist, als er. Mehr als er, um genau zu sein. Der Zettel, den Ihr bei seinem Armkettchen findet, ist der, den ich damals an die Roseman Bridge geheftet habe, damit er ihn am Morgen nach unserer ersten Begegnung sehen würde. Abgesehen von seinen Fotos von mir ist dieser Zettel der einzige Beweis, den er all die Jahre gehabt hat, daß es mich wirklich gab, dafür, daß er mich nicht nur geträumt hatte.

Ich weiß, Kinder neigen dazu, in ihren Eltern eher asexuelle Wesen zu sehen, und ich hoffe, daß Euch das, was ich Euch jetzt sagen werde, nicht schokkiert. Und ich hoffe vor allem, daß es Eure Erinnerung an mich nicht zerstört.

In unserer alten Küche haben Robert und ich Stunden miteinander verbracht. Wir haben uns bei Kerzenlicht unterhalten und getanzt. Und, ja, wir haben uns dort geliebt, dort und im Schlafzimmer und im Gras auf der Weide und überhaupt fast überall, wo man sich nur denken kann. Und es war ganz unglaublich, mächtig, überwältigend, und es ging über Tage hinweg fast ununterbrochen. Ich habe immer wieder das Wort »mächtig« benutzt in meinen Gedanken an ihn. Denn genau das war er.

Er war wie ein Pfeil in seiner Intensität. Ich war schlicht und ergreifend hilflos, wenn er mich liebte. Nicht schwach, das war es nicht. Nur, wie soll ich sagen, überwältigt von seiner schieren emotionellen und physischen Kraft. Einmal, als ich ihm das ins Ohr geflüstert hatte, sagte er nur: »Ich bin der Highway und ein Wanderfalke und jedes Segel, das je aufs Meer hinausgefahren ist.«

Das erste, woran man bei einem Wanderfalken denkt, ist natürlich, daß es sich um einen Vogel handelt, aber es steckt noch soviel mehr in diesem Bild. Und nicht nur, daß er stets auf Wanderschaft ist und kein Zuhause hat, sondern auch, daß er überall, wo er hinkommt, ein Fremder, ein Außenseiter ist. Und genau das war er: ein Fremder, ein Fremdling im weiteren Sinne des Wortes, ein Wanderer, und er hatte auch etwas von einem Falken, jetzt, wo ich es mir überlege.

Kinder, Ihr müßt verstehen, daß ich hier etwas auszudrücken versuche, was ich nicht in Worte fassen kann. Ich wünschte mir, daß Ihr beide auch eines Tages erleben würdet, was mir da widerfahren ist, aber ich glaube langsam, daß das wohl nicht sehr wahrscheinlich ist. Auch wenn ich annehme, daß es in unserer aufgeklärten Zeit nicht gerade Mode ist, so etwas zu sagen, so glaube ich doch, daß eine Frau nicht über diese besondere Art von geheimnisvollen Kräften verfügen kann, die Robert Kincaid hatte. Das schließt Dich, Michael, von vornherein aus. Und was Carolyn anbelangt, so, fürchte ich, muß ich ihr sagen, daß es nur einen wie ihn gegeben hat und keinen zweiten.

Wärt da nicht Ihr und Euer Vater gewesen, ich wäre diesem Mann bis ans Ende der Welt gefolgt, und das ohne zu zögern. Er hat mich gebeten, mit ihm zu gehen, angefleht hat er mich. Aber ich wollte nicht, und er war zu empfindsam und hatte mich zu gern, um sich danach auch nur noch ein einziges Mal in unser Leben zu drängen.

Das Paradoxe an der ganzen Geschichte ist: Hätte es Robert Kincaid nicht gegeben, ich bin nicht sicher, ob ich es all diese Jahre auf der Farm hätte aushalten können. In vier Tagen hat er mir ein ganzes Leben geschenkt, ein Universum, und aus meinen einzelnen Teilen ein Ganzes geschaffen. Ich habe nie aufgehört, an ihn zu denken, nicht für einen Augenblick. Wenn ich nicht bewußt an ihn gedacht habe, so konnte ich ihn immer noch spüren, er ist immer bei mir gewesen.

Aber das hat meinen Gefühlen für Euch und Euren Vater nie auch nur den geringsten Abbruch getan. Wenn ich mal einen Augenblick nur an mich selbst denke, dann bin ich mir nicht sicher, ob ich damals die richtige Entscheidung getroffen habe. Aber wenn ich die Familie berücksichtige, so bin ich doch ziemlich sicher, daß es die richtige war.

Obwohl ich Euch, wenn ich ehrlich bin, sagen muß, daß Robert gleich von Anfang an weit besser verstanden hat als ich, was wir beide gemeinsam darstellten. Ich glaube, ich selbst habe das erst ganz allmählich, im Lauf der Zeit erfaßt. Hätte ich es schon damals in seiner ganzen Tragweite verstanden, als er mich von Angesicht zu Angesicht gefragt hat, ob ich mit ihm gehen will, dann wäre ich wahrscheinlich mit ihm weggegangen.

Robert glaubte, die Welt sei zu rational geworden, hätte aufgehört, in ausreichendem Maße auf die Magie zu vertrauen. Ich habe mich oft gefragt, ob ich selbst nicht zu rational gewesen bin, als ich meine Entscheidung getroffen habe.

Ich bin sicher, mein Wunsch, was meine Bestattung anbelangt, war Euch ein Rätsel; wahrscheinlich habt Ihr gedacht, es handelte sich um die Schrullen einer verwirrten alten Frau. Nachdem Ihr den Brief des Anwalts aus Seattle von 1982 und meine Notizbücher gelesen habt, werdet Ihr wohl verstehen, warum ich darum gebeten habe. Ich habe mein Leben meiner Familie gegeben, ich habe Robert Kincaid gegeben, was noch von mir übrig war.

Ich glaube, Richard wußte wohl, daß da etwas in mir war, was er nicht erreichen konnte, und ich frage mich zuweilen, ob er den großen braunen Umschlag nicht vielleicht gefunden hat, als ich ihn noch zu Hause in meiner Kommode aufbewahrt habe. Kurz bevor er starb, saß ich neben seinem Bett im Krankenhaus in Des Moines, und er sagte mir folgendes: »Francesca, ich weiß, auch du hast deine Träume gehabt. Tut mir leid, daß ich sie dir nicht erfüllen konnte.« Es war der bewegendste Augenblick in unserem ganzen gemeinsamen Leben.

Ich will Euch keine Schuldgefühle oder Mitleid oder dergleichen einreden. Daran ist mir jetzt ganz und gar nicht gelegen. Ich will nur, daß Ihr wißt, wie sehr ich Robert Kincaid geliebt habe. Und daß ich all die Jahre Tag für Tag damit fertig werden mußte, genauso wie er.

Obwohl wir nie wieder miteinander gesprochen haben, sind wir einander doch verbunden geblieben, und das so fest, wie zwei Leute nur miteinander verbunden sein können. Ich finde einfach die Worte nicht, um das angemessen zum Ausdruck zu bringen. Er selbst hat es am besten formuliert: wir hätten aufgehört, separate Wesen zu sein, und wären statt dessen ein drittes geworden, ein Wesen, das aus uns beiden entstanden war. Keiner von uns existierte unabhängig von diesem Wesen. Und dieses Wesen konnte sich frei bewegen.

Carolyn, erinnerst Du Dich noch an den schrecklichen Streit zwischen uns um das hellrosa Kleid in meinem Schrank? Du hattest es gesehen, und Du wolltest es tragen. Du hast gesagt, Du könntest Dich nicht erinnern, mich jemals drin gesehen zu haben, warum sollten wir es also nicht ändern, damit es Dir paßte. Das war das Kleid, das ich an jenem Abend angehabt habe, an dem Robert und ich uns zum erstenmal geliebt haben. Ich habe in meinem ganzen Leben nicht so gut ausgesehen wie an jenem Abend. Das Kleid war mein albernes kleines Souvenir an diese Zeit. Deshalb habe ich es nie wieder getragen, und deshalb habe ich es auch Dich nicht tragen lassen.

Nachdem Robert damals, 1965, von hier weggegangen war, ist mir klargeworden, daß ich so gut wie nichts über ihn wußte, was seine Familiengeschichte anbelangte. Obwohl ich der Ansicht bin, daß ich in den paar kurzen Tagen sonst alles über ihn erfahren habe – jedenfalls alles, was er erzählte. Er war ein Einzelkind, seine Eltern waren beide tot, und er stammte aus einer kleinen Stadt in Ohio.

Ich könnte noch nicht einmal mit Sicherheit sagen, ob er auf dem College, ja noch nicht einmal, ob er auf der High-School war, aber er besaß eine Intelligenz, die auf eine ungeschliffene, primitive, ja fast mystische Art schlicht brillant war. Ach ja, er war im Krieg Fotograf gewesen und im

Zweiten Weltkrieg mit der Marineinfanterie im Südpazifik.

Er war verheiratet, einmal, und geschieden, schon lange bevor wir uns kennenlernten. Er hatte keine Kinder. Seine Frau war Musikerin gewesen oder so was Ähnliches, Folksängerin, glaube ich, hat er gesagt, und daß seine langen Abwesenheiten auf seinen Fotoexpeditionen die Ehe kaputtgemacht haben. Er hat die Schuld für den Bruch auf sich genommen.

Darüber hinaus hatte Robert, soviel ich weiß, keine Familie. Ich bitte Euch, ihn in die unsere aufzunehmen, wie schwer Euch das im ersten Augenblick auch scheinen mag. Wenigstens hatte ich eine Familie, ein Leben zusammen mit anderen. Robert war allein. Das war nicht fair, und ich habe es immer gewußt.

Es wäre mir am liebsten, oder wenigstens glaube ich das – schon allein Richards Gedenken wegen und der Art, wie die Leute über so etwas reden –, wenn das Ganze irgendwie innerhalb der Familie Johnson bliebe. Ich überlasse das jedoch ganz Eurem Gutdünken.

In jedem Fall schäme ich mich gewiß nicht für das, was Robert Kincaid und ich miteinander gehabt haben. Ganz im Gegenteil. Ich habe ihn all diese Jahre verzweifelt geliebt, auch wenn ich aus ganz privaten Gründen nur ein einziges Mal versucht habe, Kontakt mit ihm aufzunehmen.

Das war nach dem Tod Eures Vaters. Es ist mir nicht gelungen, und weil ich solche Angst hatte, es könnte ihm etwas zugestoßen sein, habe ich es nie wieder versucht. Ich wollte mich dieser Realität einfach nicht stellen. Ihr könnt Euch also vorstellen, was ich empfand, als ich 1982 das Paket mit dem Brief von dem Anwalt bekam.
Wie schon gesagt, ich hoffe, Ihr versteht das alles und denkt nicht schlecht von mir. Wenn Ihr mich liebt, dann müßt Ihr in diese Liebe auch das einschließen, was ich getan habe.
Robert Kincaid hat mich gelehrt, was es heißt, eine Frau zu sein, und das auf eine Art und Weise, wie sie kaum eine Frau, womöglich sogar überhaupt nie eine erfahren wird. Er war ein prächtiger Mensch, ein warmherziger Mensch, und er verdient ganz gewiß Euren Respekt und vielleicht auch Eure Liebe. Ich hoffe, Ihr könnt ihm beides geben. Auf seine eigene Art, durch mich, ist er auch gut zu Euch gewesen.

Lebt wohl, meine Kinder.
Eure Mutter

Schweigen legte sich über die alte Küche. Michael holte tief Luft und blickte zum Fenster hinaus. Carolyn sah sich alles um sie herum an: die Spüle, den Boden, den Tisch.
Als sie dann etwas sagte, war ihre Stimme fast

ein Flüstern. »Oh, Michael, denk nur an all die Jahre, in denen sich die beiden so verzweifelt gewollt haben. Sie hat ihn für uns und Dad aufgegeben. Und Robert Kincaid blieb weg aus Respekt vor ihren Gefühlen für uns.

Michael, allein schon bei dem Gedanken weiß ich nicht, was ich machen soll. Wir behandeln unsere Ehen so beiläufig, und wir waren mit schuld daran, daß eine so unglaubliche Liebesaffäre so enden mußte.

Sie hatten vier Tage zusammen, nur vier Tage. Aus einem ganzen Leben. Während wir auf dieser albernen Landwirtschaftsausstellung in Illinois waren. Schau dir nur das Bild von Mama an. Ich habe sie nie so gesehen. Sie ist so schön, und es ist nicht das Foto. Das war er. Er hat das aus ihr gemacht. Schau sie dir nur an, wie wild und frei sie ist. Ihr Haar im Wind, ihr Gesicht lebt. Sie sieht einfach wunderbar aus.«

»Großer Gott« war alles, was Michael sagen konnte. Er wischte sich mit dem Küchenhandtuch über die Stirn und tupfte sich, als Carolyn nicht hinsah, über die Augen.

Carolyn sprach weiter. »Es sieht ganz so aus, als hätte er all die Jahre nie versucht, Kontakt mit ihr aufzunehmen. Und er muß ganz allein gestorben sein; deshalb hat er ihr die Kameras schicken lassen.

Ich erinnere mich noch an den Streit zwischen

Mama und mir über das rosa Kleid. Tagelang ging das damals. Was habe ich gequengelt und immer wieder gefragt, warum. Dann habe ich mich geweigert, mit ihr zu reden. Alles, was sie dazu gesagt hat, war: ›Nein, Carolyn, nicht dieses.‹«

Und Michael erinnerte sich an die Geschichte mit dem alten Tisch, an dem sie jetzt saßen. Deshalb also hatte die Mutter ihn gebeten, ihn nach dem Tod des Vaters wieder in die Küche zu stellen.

Carolyn öffnete den kleinen wattierten Umschlag. »Hier ist sein Armband und die Silberkette mit dem Medaillon. Und hier der Zettel, den Mutter in ihrem Brief erwähnt, den sie an die Roseman Bridge geheftet hat. Deshalb also das Stück Papier an der Brücke auf dem Foto, das er ihr geschickt hat.

Michael, was sollen wir tun? Überleg's dir einen Augenblick, ich bin gleich wieder da.«

Sie lief die Treppe hinauf und kehrte ein paar Minuten später mit dem sorgfältig in Plastik gefalteten Kleid wieder zurück. Sie nahm es heraus und hielt es hoch, damit Michael es sehen konnte.

»Stell sie dir nur vor, wie sie es anhatte und mit ihm hier in der Küche getanzt hat. Denk nur, all die Zeit, die wir hier verbracht haben, und die Bilder, die sie gesehen haben muß, während sie kochte oder mit uns zusammensaß, mit uns über unsere Probleme sprach, auf welches College wir gehen sollten und wie schwer es doch ist, eine erfolgreiche Ehe zu führen. Gott, wie unschuldig und unreif sind wir im Vergleich mit ihr.«

Michael nickte und wandte sich den Hängeschränken über der Spüle zu. »Was meinst du, ob Mutter hier wohl irgendwo was zu trinken hat? Ich könnte weiß Gott was vertragen. Und was deine Frage anbelangt, ich habe keine Ahnung, was wir machen sollen.«

Er kramte in den Schränken herum und fand eine Flasche Brandy, fast leer. »Für zwei Gläser wird es reichen, Carolyn. Willst du eins?«

»Ja.«

Michael nahm die einzigen beiden Weinbrandschwenker aus dem Büffet und stellte sie vor sie beide auf die gelbe Resopalplatte. Er leerte Francescas letzte Flasche Brandy hinein, während Carolyn schweigend den ersten Band der Notizbücher zu lesen begann. »Robert Kincaid kam zu mir am 16. August, einem Montag im Jahre 1965. Er versuchte die Roseman Bridge zu finden. Es war spät am Nachmittag und heiß, und er fuhr einen Laster, den er Harry nannte...«

Postskriptum: Der Nachtfalke von Tacoma

Während der Arbeit an Robert Kincaids und Francesca Johnsons Geschichte sah ich mich in zunehmendem Maße fasziniert von Kincaid und der Tatsache, wie wenig wir alle über ihn und sein Leben wußten. Nur wenige Wochen, bevor das Buch in Satz ging, flog ich nach Seattle und versuchte einmal mehr, zusätzliche Informationen über ihn auszugraben.

Ich hatte so eine Idee, daß ihn als Musikliebhaber und Künstler, der er war, ja womöglich in der Musik- oder Kunstszene der Gegend um den Puget Sound jemand gekannt hatte.
Der Kunstredakteur der *Seattle Times* erwies sich als hilfreich. Obwohl er von Kincaid nie gehört hatte, verschaffte er mir doch Zugang zu den einschlägigen Sparten der Zeitung aus den Jahren 1975 bis 1982, der Zeit also, die mich besonders interessierte.
Ich arbeitete mich eben durch die Ausgaben von 1980, da stieß ich auf das Foto eines schwarzen Jazzmusikers, eines Tenorsaxophonisten namens John »Nighthawk« Cummings. Und neben dem Foto stand der Name des Fotografen: *Robert Kincaid.* Beim Ortsverband der Musikergewerkschaft gab man mir Cummings' Adresse mit dem Hinweis, daß er seit einigen Jahren nicht mehr auftrete. Die Adresse war ein Haus in einer Nebenstraße am Rande eines Gewerbegebietes von Tacoma, gleich neben der Bundesstraße 5, die von Seattle herunterführt.
Ich mußte mehrmals bei ihm vorbeischauen, bevor ich ihn zu Hause antraf. Er war anfangs mißtrauisch, was meine Fragen anbelangte. Aber nachdem ich ihn schließlich doch davon überzeugen konnte, daß mein Interesse an Kincaid ernsthaft und ohne Hintergedanken war, wurde er offener, ja sogar herzlich. Was hier

folgt, ist eine leicht bearbeitete Niederschrift meines Interviews mit Cummings, der zu dem Zeitpunkt, als ich mit ihm sprach, bereits siebzig Jahre alt war. Ich schaltete einfach meinen Recorder an und ließ ihn von Robert Kincaid erzählen.

Ein Interview mit »Nighthawk« Cummings

Also, ich hatte damals einen Auftritt bei Shorty's oben in Seattle, wo ich seinerzeit auch gelebt habe, und ich brauchte da ein gutes Hochglanzfoto von mir, zwecks der Werbung. Unser Bassist hat mir gesagt, draußen auf einer von den Inseln, also, da würde so 'n Typ wohnen, der schon gute Sachen gemacht hat. Weil er kein Telefon gehabt hat, habe ich ihm eine Postkarte geschickt.
Er kam dann vorbei, ein absolut komischer alter Typ in Jeans und Boots, orange Hosenträger, packt drei ramponierte alte Kameras aus, die aussahen, als würden die nie im Leben mehr funktionieren, und ich hab mir schon gedacht: Au weh! – Er stellt mich also gegen eine helle Wand, gleich so mit meiner Kanne, und sagt mir, ich soll was spielen und nicht aufhören. Also hab ich gespielt. Die ersten paar Minuten, also da stand der Typ bloß so da und hat mich ange-

guckt, ganz intensiv, also wirklich intensiv kann ich Ihnen sagen, und das mit den coolsten blauen Augen, die Sie Ihr Lebtag gesehen haben.
Nach einer Weile dann fängt er an zu knipsen. Dann hat er mich gebeten, doch »Autumn Leaves« zu spielen. Und das hab ich denn auch gespielt. Ich spiele die Melodie vielleicht so zehn Minuten am Stück, während er wie ein Wilder mit seinen drei Kameras drauflosmacht und ein Bild nach dem andren schießt. Dann sagt er: »Prima, das wär's. Ich hab sie dann morgen fertig.«
Am nächsten Tag dann bringt er sie vorbei, und es hat mich glatt umgehauen. Ich hab ja schon viele Fotos von mir machen lassen, aber das waren die besten, mit Abstand. Dafür hat er dann fünfzig Dollar verlangt, fand ich ziemlich billig. Er dankt mir und geht, und beim Rausgehen, da fragt er kurz nach, wo ich denn spiel. Und ich hab ihm gesagt: Bei Shorty's.
Paar Tage später, abends, da schau ich so ins Publikum, und da seh ich ihn dasitzen, an einem Tisch hinten in der Ecke, und er hat wirklich zugehört. Na ja, er ist dann einmal die Woche gekommen, immer am Dienstag, hat sein Bier getrunken, vielleicht auch zwei, aber nicht mehr.
Ich bin in der Pause manchmal zu ihm rüber und

hab mich ein paar Minuten mit ihm unterhalten. Er war so einer von der stillen Sorte, aber richtig angenehm, und er hat mich immer ganz höflich gebeten, doch »Autumn Leaves« zu spielen.
Nach einer Weile haben wir uns dann so 'n bißchen kennengelernt. Ich bin damals gern zum Hafen hinuntergegangen, aufs Wasser hinausschauen, die Schiffe angucken, und wie sich herausgestellt hat, machte er das auch gern. Das ist dann so weit gekommen, daß wir uns auf eine Bank gesetzt haben, ganze Nachmittage lang, und uns unterhalten haben. Zwei alte Knaben eben, die so langsam, aber sicher fünfe grade sein lassen, sich allmählich so 'n bißchen bedeutungslos vorkommen, 'n bißchen von gestern.
Hat immer seinen Hund mitgebracht. Netter Kerl. Highway hat er den genannt.
Er verstand was von Magie. Jazzmusikern geht das genauso. Deswegen sind wir wahrscheinlich auch so gut mit'nander ausgekommen. Da spielt man eine Melodie, die man schon tausendmal gespielt hat, und mit einem Schlag kommt einem jede Menge neue Ideen aus der Kanne, ohne daß das über das Bewußtsein gelaufen wäre. Er hat gesagt, daß es bei Fotografie und mit dem Leben im allgemeinen, also daß es da ganz ähnlich wäre. Dann hat er noch gesagt: »Und wenn man mit einer Frau schläft, die man liebt.«
Er hat da an was gearbeitet, wo er versucht hat,

Musik in sichtbare Bilder umzuwandeln. Er hat mir gesagt: »John, weißt du, der Riff, den du fast immer im vierten Takt von ›Sophisticated Lady‹ spielst? Also, ich glaube, den hab ich gestern früh auf den Film gekriegt. Das Licht kam genau richtig übers Wasser, und dann zieht mir doch gerade im selben Augenblick ein Blaureiher im Bogen durch den Sucher. Ich konnte deinen Riff *sehen*, während ich ihn gehört und auf den Auslöser gedrückt habe.«

Er hat seine ganze Zeit mit diesem Tick zugebracht, Musik in Bilder umzuwandeln. Er war richtig besessen davon. Ich hab keine Ahnung, wie er sich über Wasser gehalten hat.

Über sein Leben hat er nie viel gesagt. Ich wußte, daß er viel gereist war bei seiner Arbeit als Fotograf, aber das war auch schon ziemlich alles, bis ich ihn eines Tages wegen des silbernen Dings gefragt habe, das er an einer Kette um den Hals trug. Von nahem hab ich nämlich gesehen, daß der Name *Francesca* draufstand. Also habe ich ihn gefragt: »Hat es damit was Besonderes auf sich?«

Er hat darauf eine ganze Weile überhaupt nichts gesagt und bloß so auf das Wasser hinausgestarrt. Dann sagte er: »Wieviel Zeit hast du?« Na ja, es war Montag, mein freier Abend, also habe ich ihm gesagt, so lang es eben dauern würde.

Da hat er zu reden angefangen. Das war, als

hätte man einen Wasserhahn aufgedreht. Den ganzen Nachmittag hat er geredet und die halbe Nacht. Ich hatte so den Eindruck, daß er die ganzen Gefühle da lange mit sich rumgetragen hat.

Er hat nie gesagt, wie die Frau mit Nachnamen geheißen hat, auch nicht, wo das alles passiert ist. Aber, Mann, ich kann Ihnen sagen, dieser Robert Kincaid war der reinste Dichter, als er über sie gesprochen hat. Muß wirklich was Besonderes gewesen sein, eine ganz unglaubliche Frau. Er hat dann aus einem Artikel zitiert, den er für sie geschrieben hat – irgendwas über eine Dimension Z, soweit ich mich erinnere. Ich weiß noch, daß ich gedacht habe, das hört sich an wie eine von Ornette Colemans freien Improvisationen.

Und, Mann, ich sag Ihnen, geheult hat er dabei. Riesentränen, wie sie bloß ein alter Mann weinen kann, Tränen, wie man sie bloß mit einem Saxophon spielen kann. Hinterher habe ich dann auch verstanden, warum er sich immer »Autumn Leaves« gewünscht hat. Und, Mann, was habe ich den Kerl danach gern gehabt. Also, einer, der solche Gefühle für eine Frau haben kann, der ist auch selber einige Liebe wert.

Und so habe ich denn darüber nachgedacht, über die Macht von dem, was er und diese Frau da gehabt haben. Über das, was er die »alte Art«

nannte. Und ich habe mir gesagt: »Diese Macht mußt du spielen, diese Liebesaffäre, diese alte Art, das mußt du aus deiner Kanne holen.« Es hatte einfach so was verdammt Lyrisches.

Ich hab dann eine Melodie geschrieben – drei Monate hab ich dazu gebraucht. Ich wollte sie einfach halten, aber elegant. Komplexe Sachen sind einfach. Einfachheit, das ist die wirkliche Herausforderung. Ich habe jeden Tag daran gearbeitet, bis es richtig zu klingen begann. Dann habe ich es noch ausgearbeitet und das Motiv für Klavier und Baß geschrieben. Und schließlich, eines Abends, da hab ich es dann gespielt.

Er saß im Publikum, es war Dienstagabend, wie immer. Na jedenfalls war nicht viel los, es waren vielleicht zwanzig Leute im Laden, und kein Mensch hat sich um die Gruppe gekümmert. Er sitzt da, ganz still, und hört so richtig aufmerksam zu wie immer, und ich sage übers Mikro: »Ich spiele jetzt eine Melodie für einen Freund von mir. Das Stück heißt ›Francesca‹.«

Ich habe ihn beobachtet, als ich das sagte. Er starrt in seine Flasche Bier, aber als ich »Francesca« sage, da schaut er langsam zu mir hoch, streicht sich die langen grauen Haare nach hinten, so mit beiden Händen, steckt sich eine Camel an und schaut mich direkt an mit seinen blauen Augen.

Ich habe meine Kanne singen lassen wie nie

zuvor im Leben; weinen habe ich sie lassen für all die Meilen und Jahre, die die beiden voneinander trennten. Im ersten Takt, da hatte das so eine kleine melodische Figur, die sozusagen ihren Namen aussprach: »Fran-ces-ca.«

Als ich fertig war, da stand er kerzengerade an seinem Tisch, lächelte so und nickte mir zu, zahlte und ging dann. Ich habe es danach immer gespielt, wenn er vorbeikam. Dafür, daß ich das Lied geschrieben habe, hat er mir ein Foto von einer alten Brücke mit einem Dach drüber eingerahmt und geschenkt. Es hängt gleich da drüben. Er hat mir nie gesagt, wo er das aufgenommen hat, aber gleich unter seiner Unterschrift da steht »Roseman Bridge«.

Dann, eines dienstags abends, so vor sieben, acht Jahren, da war er nicht da. Und auch die nächste Woche nicht. Ich denke mir, daß er vielleicht krank ist oder was. Ich mache mir langsam Sorgen, gehe zum Hafen hinunter, hör mich um. Aber keiner weiß was über ihn. Schließlich nehme ich ein Schiff rüber zu der Insel, auf der er gewohnt hat. In einem alten Häuschen – ach was, einer Holzhütte – unten am Wasser.

Während ich so rumstochere da, kommt ein Nachbar und fragt mich, was ich da mache. Also sag ich es ihm. Und der Nachbar sagt mir darauf, daß er vor zehn Tagen gestorben ist. Mann, das hat vielleicht weh getan, wie ich das höre. Und es

tut noch immer weh. Ich habe den Kerl wirklich gern gehabt. Also der Bursche, der hatte was, ich weiß nicht, irgendwas. Ich hatte immer so das Gefühl, daß der Sachen weiß, die der Rest von uns nicht weiß.
Ich hab seinen Nachbarn nach dem Hund gefragt. Er wußte nichts von ihm. Er hätte ja noch nicht mal Kincaid selbst gekannt, sagt er mir. Also rufe ich im Tierheim an, und als hätt ich's gewußt, die hatten den alten Highway glatt dort. Ich nichts wie hin und ihn da weggeholt, und ich habe ihn meinem Neffen gegeben. Als ich ihn das letzte Mal gesehen habe, also ich sage Ihnen, der Kleine und der Hund, die waren so was von verschossen in'nander. Das hat mir so richtig gutgetan.
Na wie auch immer, das ist so ziemlich alles. Nicht lange, nachdem ich rausgefunden hatte, was mit Kincaid passiert war, da ging das bei mir los, daß mir der Arm lahm wurde, wenn ich mehr als zwanzig Minuten gespielt hatte. Hat irgendwas mit der Wirbelsäule zu tun. Darum arbeite ich jetzt nicht mehr.
Aber, Mann, diese Geschichte von ihm und der Frau, die er da erzählt hat, die geht mir heute noch nach. Und so hol ich denn jeden Dienstagabend meine Kanne raus und spiel die Melodie, die ich für ihn geschrieben habe. Ich spiel sie hier, ganz für mich allein.

Und aus irgendeinem Grund schau ich mir dabei immer das Bild an, das er mir geschenkt hat. Irgendwas hat das, ich weiß auch nicht was, aber ich muß es einfach anschauen, wenn ich die Melodie spiele, es geht nicht anders.
Ich steh dann einfach da, so wenn es dämmert, und laß die alte Kanne weinen und spiele die Melodie für einen Mann namens Robert Kincaid und eine Frau namens Francesca.

Inhalt